Oswald Zingerle

Über Friedrich von Sonnenburgs Leben und Dichtung

Oswald Zingerle

Über Friedrich von Sonnenburgs Leben und Dichtung

ISBN/EAN: 9783743421523

Hergestellt in Europa, USA, Kanada, Australien, Japan

Cover: Foto ©Raphael Reischuk / pixelio.de

Manufactured and distributed by brebook publishing software (www.brebook.com)

Oswald Zingerle

Über Friedrich von Sonnenburgs Leben und Dichtung

UEBER FRIEDRICH VON SONNENBURG'S LEBEN UND DICHTUNG.

INAUGURALDISSERTATION

ZUR

ERLANGUNG DER PHILOSOPHISCHEN DOCTORWÜRDE

AN DER

UNIVERSITÄT ERLANGEN

VON

OSWALD ZINGERLE.

AUS INNSBRUCK IN TIROL.

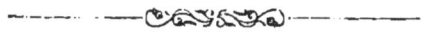

INNSBRUCK.
VERLAG DER WAGNER'SCHEN UNIVERSITÄTS-BUCHHANDLUNG
1878.

Druck der Wagner'schen Universitäts-Buchdruckerei.

I.
Des Dichters Lebensverhältnisse.

Urkundliche Belege, welche sicheren Aufschluss über des Dichters Herkunft geben, fehlen uns. Wir begegnen daher mannigfachen Vermuthungen: in Thurgau[1]), Vorarlberg[2]) und Koburg[3]) wurde seine Heimat gesucht, bis ihn endlich v. d. Hagen zu einem Tiroler machte[4]). Die Sprache weist jedenfalls auf Oberdeutschland, einen weiteren Anhaltspunkt bietet die Ueberlieferung des Namens. Die Pariser Liederhandschrift C schreibt Sûnenburc, die Würzburger E bl. 225 Sûnburg, die Jenaische Liederhandschrift J Sunnenburc, in einer Strophe des Hermann Damen finden wir Sunenburgaere (HMS. III, 163 a), und in dem Lobgedicht des Leupold Hornburg von Rotenburg auf die zwölf alten Singer (um 1349) steht Suneburg und Sunneburg (HMS. IV, 882. Museum II, 23).

Durchgängig erscheint die Komposition mit -burg, während die in Thurgau, Vorarlberg und Koburg in Frage kommenden Oertlichkeiten urkundlich nur als Sonnenberg[5]) belegt sind, was in soferne zu bemerken ist, als der Wechsel von -burg, -berg, -stein bei demselben Namen sonst häufig auftritt. Orte Namens Son-

---
[1]) Lassberg, Liedersaal I, XI und Pupikofer, Thurg. Gesch. I, 116, 139.
[2]) Schlegel, Mus. I, 306.
[3]) Docen, Mus. I, 159. Horn sah in ihm einen Grafen von Schönburg, was Adelung mit Recht bestritt.
[4]) MS. IV, 647 ff.; ihm schliesst sich auch Bartsch LD LIII an.
[5]) Für das vorarlborgische S. fand ich nur in einer Urkunde vom Jahre 1521 Sonnenburg (!) s. Archiv f. Kunde öst. Geschichtsquellen, Wien 1849, IV. Heft.

nenberg, deren Hagen (IV, 647 f.) noch mehrere anführt und welchen ich eine weitere Anzahl beifügen könnte, sind nach meiner Ansicht gar nicht in Betracht zu ziehen; es wäre denn eine seltsame Uebereinstimmung, wenn alle Quellen fälschlich -burg für -berg überliefert hätten, um so mehr, da letzteres viel geläufiger ist. An das näher liegende Sonnenberg hat auch wirklich der Maler des Wappens, das in C unserem Dichter beigegeben ist, gedacht: es sind im goldenen Felde zwei von unten aufsteigende blaue Spitzen, deren jede eine rothe Blume krönt; ohne Zweifel stellt diese die Sonne dar. Doch entspricht dies keinem der bekannten Sonnenbergischen Wappen [1]) und so werden jene Hypothesen nur um so haltloser; zugleich gewinnt auch der Gedanke Raum, dass der Künstler nach eigener Willkür ein dem Namen ungefähr entsprechendes Wappen gemacht habe, was aber immerhin voraussetzt, dass der Dichter für wappenfähig gehalten wurde.

Suonenburg oder Sunnenburc, wie die Handschriften verlangen, sind mir in Oberdeutschland nur zwei bekannt und diese liegen in Tirol, das eine im Pusterthale bei St. Lorenzen, das andere im Wippthale unweit Innsbruck. Letzteres, eine Veste, von der das Gericht seinen Namen bekam, erwähnt schon Burcklechner als zerfallen [2]). Im Jahre 1251 wurde es von Bischof Bruno von Brixen belagert [3]) und nach einer Urkunde vom 29. März 1328 hatte das Schloss König Heinrich der Maria Engelschalchin von Innsbruck zum Pfand verschrieben [4]); sonst besitzen wir spärliche historische Daten. Viel mehr Wahrscheinlichkeit des Dichters Heimat zu sein hat das erst genannte Sonnenburg [5]) für sich, welches Benedictinerinnen Abtei war, und in deren Nähe auch das Dörfchen gleichen Namens liegt. Die Stiftung des Klosters geschah durch Volkold aus dem Geschlechte der Grafen von Lurn

---

[1]) s. Hagen a. a. O. p. 648.
[2]) Brandis, Des Tirolischen Adlers Immergrünendes Ehren-Kräntzel, Bozen 1678, II. Th. p. 210.
[3]) Sinnacher, Beiträge zur Geschichte der bischöfl. Kirche Säben und Brixen in Tirol IV, 436.
[4]) Staffler, Das deutsche Tirol und Vorarlberg, Innsbruck 1847, I, 528.
[5]) Tinkhauser, Topographisch-historisch-statistische Beschreibung der Diöcese Brixen, Brixen 1855, I, 336. Staffler II, 216—220. Sinnacher II, 239 ff.

und Pusterthal beiläufig um das Jahr 1020. Derselbe stattete es mit ausgedehnten Besitzungen in Enneberg und im Pusterthal aus, die sich im Laufe der Zeiten noch bedeutend erweiterten [1]; in späterer Zeit hatte die jeweilige Aebtissin auch Sitz und Stimme im Tirolischen Landtage. Nach mehr als siebenhundertjährigem Bestande erfolgte am 28. April 1785 die Aufhebung des Stiftes.

Was vor allem anderen für dies Sonnenburg spricht, ist die genaue Uebereinstimmung der Namensformen mit den in den Liederhandschriften vorliegenden; ich notiere aus Neustifter Urkunden[2] folgende: Suoneburch in Urk. v. J. 1175, 1187, 1197, Suneburch v. J. 1385, Sunburch v. J. 1318, 1385, 1430, 1452 und Sunburga v. J. 1434; in dem bereits erwähnten Urbarbuch lesen wir Suonenburch, Suonburg, Süenburg, Sunenburch, und zwar kommt die Form Suonenburch 10mal, Suonburg 2mal, Süenburg und Sunenburch je 1mal vor. Darnach ist also Suone(n)burch im 12. Jhd. durchaus gebräuchlich, im 13. Jhd. nahezu ausschliessliche Form und noch im ersten Viertel des 14. Jhds. ganz geläufig. So bietet auch hs. C und E. Später dringt die Schreibung durch, die wir in hs. J und an den anderen herbeigezogenen Stellen finden; diese Schreiber hielten sich eben an die zu ihrer Zeit gang und gebe Form. Wer urkundlich die historische Entwickelung des Namens verfolgt, dem wird dieses Tirolische „Suoneburg, Suonenburg" nicht Zweifel erwecken, wenn er auch die heutige Form Sonnenburg dazustellt [3].

Ausserdem unterstützen unsere Ansicht noch andere Umstände. Schon Hagen bemerkt, dass die Abtei von ihr benannte Dienstmannen hatte, von denen er Herrn Wigand von Suonenburg (1233) erwähnt [4].

Als Zeugen treten in Urkunden auf: Richardus de S. im J. 1175 [5]), Uolricus de S. im J. 1187, 1197, 1205 [6], her Niclas v.

---

[1] s. J. Zingerle, Urbarbuch des Klosters zu Sonnenburg, Wien 1868.
[2] Mairhofer, Urkundenbuch des Augustiner Chorherrenstiftes Neustift in Tirol, Wien 1871.
[3] s. Koberstein, Geschichte der deutsch. Nat.-Lit. ⁵ I, 236, Anm. 14.
[4] Hormayr, Tirol. Gesch. Urk. 136.
[5] Neustifter Urkundenbuch 130, 44.
[6] a. a. O. 161, 62. 183, 73. 185, 74.

S. 1430 [1]), Christannus de S. canonicus monasterii novecellensis 1434 [2]). Vom Jahre 1269 treffen wir einen Kanonikus Gerold von S. als Kaplan des Ulrich von Taufers [3]). Wichtig erscheint mir, dass sich der Name Friedrich von S. urkundlich findet. Eine zu Brixen im Jahre 1205 ausgestellte Urkunde bezeugten unter anderen die Ministerialen Fridericus de Sunneburg et eius frater Pilgrimus [4]), ebenso lesen wir in einer späteren vom J. 1385 unter den Zeugen herr Fridreich v. S.[5]), endlich bringt das Urbarbuch des Klosters[6]) die Angabe: her Fridreich von Suonenburch hât ze lehen drei höf. Dies Urbar wurde im ersten Viertel des 14. Jhds. auf Geheiss der Aebtissin frau Diemuot von Lüenz aus dem alten lateinischen Buche in das deutsche übertragen, „daz es ein isleich frawe chunne lesen und auch verstên" (Bl. 1 a). Das lateinische Original, das sich einmal in der Museumsbibliothek zu Innsbruck befunden haben soll, dürfen wir also sicher in das 13. Jhd. rücken. Der wiederholte Beisatz „Herr" weist auf eine adelige Familie, natürlich dem niederen Dienstadel angehörig; in den Tirolischen Adelsgenealogien treffen wir zwar diesen Namen nicht an, aber dies thut wenig zur Sache, denn wie viele derartige Geschlechter mögen nicht der Vergessenheit anheimgefallen sein? In Folge dessen ist es auch schwer oder unmöglich ein Wappen für dieselbe beizubringen; ein solches im eigentlichen Sinne des Wortes ist sogar von der Abtei Sonnenburg unbekannt, im Siegel führt sie die Gottesmutter mit dem Jesukinde [7]). Uebrigens verweise ich auf das früher Gesagte. Zu diesen Sonnenburgern kann der Dichter ganz wol gehören, ich will nicht behaupten, dass er mit dem im Urbare erscheinenden identisch sei, obgleich es möglich wäre. Wir können ja den anderen Friedrichen auch noch den unseren zugesellen, da man bekanntlich liebte in der Familie denselben Namen beizubehalten; ich ziehe zum Beispiel die noch zu erwähnenden Edlen von Taufers herbei, in deren Geschlecht, soweit wir es urkundlich ver-

---

[1]) a. a. O. 738, 528.
[2]) a. a. O. 747, 544.
[3]) Ferdinandeums Zs.³ XII, 42 f.
[4]) Neustifter Urkundenbuch 185. 74.
[5]) a. a. O. 623, 388.
[6]) p. 83.
[7]) Brandis, Ehren-Kräntzel. II. Th. Bl. 1.

folgen können (1130—1342), nur die Namen Hugo, Heinrich und Ulrich uns begegnen. Ist Friedrich von Sonnenburg nun hier zu Hause, so findet Manches eine leichte Erklärung. In einem seiner Gedichte preist er einen Herrn von Rifenberc, der ohne Zweifel mit jenem Uolrîch von Rîfenberc zusammenfällt, den zugleich mit Volcmâr von Kemenaten¹) Rûmelant von Swâben rühmt (HMS. III, 69). Es ist nicht wahr, dass beide Geschlechter mit ihren Stammburgen in Tirol heimisch sind, wie v. d. Hagen sagt (MS. IV, 649); dies gilt nur für die von Kemenaten, welche Dienstmannen der Herren von Taufers im Pusterthale waren²). Ganz abzusehen ist von Ryfenberg im Thurgau, dem Sitze der ziemlich unbekannten „Ryfen von Ryfenberg, genannt Wälter" und dem Rheinländischen Reifenberg bei Epstein. Ulrich gehörte zu dem angesehenen Geschlechte der Reifenberger, deren Stammsitz drei Stunden von Görz am Karstrande des Wippachthales liegt. Von dort kamen sie mit den Grafen von Görz nach Tirol. Gerade Ulrich ist es aber, der häufig in Urkunden dieses Landes erscheint. Im Jahre 1231 bezeugt er zu Brixen eine Schenkung Meinhard's von Görz an das Kloster Neustift³). Im März 1238 ist er in dem Vergleiche zwischen Bischof Konrad I. von Freising und dem Grafen Albert von Tirol Bürge des letzteren und unterzeichnet mit anderen die von Kaiser Friedrich II. zu Padua darüber ausgestellte Urkunde⁴); im J. 1241 war er Zeuge des Friedensschlusses zwischen Meinhard von Görz und dem Bischof Egeno von Brixen. Am 10. November 1254 theilten zu Meran der eben genannte Meinhard und Gebhard von Hirschberg als Schwiegersöhne das Erbe Albert's III. von Tirol nach dem schiedsrichterlichen Ausspruche Volkmar's von Kemenaten, Ulrich's von Reifenberg und Wilhelm's von Aichach⁵). Im Jahre 1267 macht Woldericus de Reifenberck für sich und seinen Sohn

---

¹) Diesen Herrn erwähnt aber nicht unser Dichter, wie Hagen bei Meister Kelin (MS. IV, 708) und Rumelant von Schwaben (IV, 716) irrthümlich bemerkt.
²) Es ist aber zweifelhaft, ob unter jenem Volkmar ein Herr der Tirolischen Kemenater zu verstehen sei.
³) Neustifter Urkundenbuch 216, 93.
⁴) Fontes rer. austr. B. XXXI, 135.
⁵) Hormayr, Gesch. Tirols II, 250. Egger, Gesch. Tirols I, 290.

Konrad eine Schenkung an das Kloster Wilten[1]). Am 12. Jänner 1269 erscheinen in der Vertragsurkunde, in der Friedrich IV. von Rodank den ganzen Berg Rodeneck und die Klause von Haslach den Brüdern Meinhard und Albert, Grafen von Tirol und Görz, als Eigentum übergibt, als Zeugen: Friedrich Edler von Kafriak, Ulrich von Rifenberch und Jakob von St. Michaelsburg[2]). Ich habe in dieser Aufzählung nicht Vollständigkeit erstrebt, schon aus den vorgelegten Zeugnissen erhellt zur Genüge, dass der Mann sich oft in Tirol und besonders im südlichen Theile aufgehalten habe, und somit kann der Dichter leicht dessen Bekanntschaft gemacht haben. Diese war um so eher ermöglicht, als die Reifenberger den beiden Geschlechtern von Rodank und Taufers nahe standen. Einigermassen geht dies schon aus den citirten Urkunden hervor, in deren erster neben Ulrich v. R. auch Arnoldus de Rodank und Hugo de Toufers als Zeugen auftreten. Mehr beleuchtet wird dies Verhältnis durch eine andere vom Jahre 1263: es ist ein Heiratsbrief zwischen Adelheid, Tochter Herrn Ulrich's von Reifenberg, und Friedrich von Rodank. Dieser verweist um ihre Morgengabe und Heiratsgut auf einige Höfe im Pusterthale. Bei Burglechner[3]) lesen wir ferner: Haug von Tibein als Compromissarius hat ein urtl ergeen lassen zwischen herrn Ulrichen von Reiffenberg und frauen Ella von Rodenegg wegen frawen Meza von Reiffenberg erbschaft. Dies geschah im Jahre 1289. Ueber die Verwandtschaft der Rodanker zu den Edlen von Taufers gibt J. Ladurner[4]) Aufschluss. Ich bemerke dies, da durch letztere Ulrich v. R. auch in Beziehung zu dem Stifte Sonnenburg kam, was mir für unsere Annahme nicht unwichtig scheint; dort war nämlich zu jener Zeit, in der wir die erste Periode des Dichters ansetzen müssen, Sophie von Taufers, eine Tochter des Herrn Ulrich's von Taufers und Adelheid's von Wangen, Aebtissin (1233—1254?)[5]). Berücksichtigen wir nun ferner neben der genauen Uebereinstimmung des Namens mit dem in den Liederhandschriften überlieferten, neben den Belegen für das

---
[1]) Tirol. Sammler IV, I. H. 52.
[2]) Sinnacher IV, 548.
[3]) Tirol. Adler II. Th. 3. Abtheilung p. 1080. s. Archiv f. Gesch. Tirols I, 344 367 Nr. 68 und 229.
[4]) Ferd Zs.³ II. 12. p. 89.
[5]) Sinnacher II, 273.

Vorkommen von des Dichters Namen und den für die Bekanntschaft mit Ulrich v. R. geltend gemachten Momenten, dass Baiern, an dessen Fürstenhofe wir den Sonnenburger zuerst finden, Tirol nicht nur lokal berührte, sondern diesem Lande auch politisch sehr nahe gerückt war, so sind dies, wie ich glaube, der Gründe genug, um wahrscheinlich gemacht zu haben, dass seine Heimat Sonnenburg im Pusterthale sei. Einiges wird sich noch bei anderer Gelegenheit geltend machen lassen.

Friedrich von Sonnenburg muss seiner Zeit als Dichter beliebt und geachtet gewesen sein; das beweist die bedeutende Anzahl der erhaltenen Strophen, die nicht nur in Liederhandschriften, sondern zum Theile auch in solchen von ganz heterogenem Inhalte sich aufgezeichnet vorfinden. Seiner gedenkt Hermann Damen (ein Obersachse, der vor 1287 dichtete) am Beginne einer Strophe, in der er den Meissner und Konrad von Würzburg als die besten damals lebenden Sänger rühmt:

(HMS. III, 163ª) Reimâr, Walthêr, Rubîn, Nithart,
Friderîch der Sunenburgaere
dise alle sint in tôdes vart;
âne swaere,
gebe got, daz sie dort leben.

Ist es Zufall oder Absicht, dass hier der Sonnenburger mit tirolischen und österreichischen Dichtern zusammengestellt ist?

Leupold Hornburg sagt von ihm im ersten Liede des bereits erwähnten Gedichtes:

von Suneburg, Êrenbot, bruder Wernhêr
sungen geslehtes reht.

und im dritten:

Von Sunneburg der gotheit uns ein teil
beschiet.

Er ward also unter die zwölf alten Singer gezählt. Seine Töne, zu welchen hs. J vier Sangweisen enthält (s. HMS. IV, 806 b ff.), sind auch von späteren benützt worden. So finden wir in der Kolmarer Meisterliederhandschrift (bei Bartsch p. 52) vor drei dreistrophigen Gedichten die Bemerkung: In Cunrads von wirczburg nachtwyse Alij dicunt esse In Frider(ich) von suneburg sussê don. Dieser süsse Ton ist mit Veränderung der Reimstellung und Einsetzung eines Verses mit drei Hebungen für den siebenmal gehobenen Schlussvers der erste Ton meines Textes (s. a. a. O. p. 336 f.).

Einige Kenntnis von den Lebensverhältnissen des Dichters können wir nur aus dessen eigenen Gedichten gewinnen. Wir erfahren aus denselben, dass er ein Fahrender gewesen. Er selbst sagt (IV, 453):

Ich bin al der welte ein gast, alsô stêt nû
mîn leben.

Sangliebender Fürsten Höfe suchte er auf, bei milden Grafen und edlen Herrn sprach er zu und trug denselben seine Weisen vor; so führten ihn seine Wege an den baierischen und böhmischen Hof, zu dem Grafen von Beichlingen und dem Herrn Ulrich von Reifenberg. Möglich kann es sein, dass er in den Versen (II, 77)

Ich hân von Ovene manegen stîc
ze Kölne und ouch Salerne,
von Metze hin ze Brûneswîc
von Lübeke ze Berne

die Grenzpunkte des von ihm durchwanderten Gebietes angibt, wie Hagen glaubt. Der Annahme steht nichts entgegen, aber auch nichts spricht dafür; denn in keiner andern Strophe wird einer dieser Namen genannt, ja nicht einmal eine Andeutung ist zu entdecken, mit Ausnahme etwa von Ofen. Durch die Fixierung von weit entlegenen Orten im Osten, Westen, Süden und Norden mochte der Dichter vielleicht nur den Begriff des „überall" ausdrücken, dazu passt auch mehr das Präsens „ich hân" und „wie möchte ich sumelichen zagen entwichen in den landen." Aber nicht nur das behagliche Hofleben suchten solche Fahrende auf, sie scheuten auch nicht die Mühen eines Kriegszuges; so zog gerade unser Dichter mit Ottokar von Böhmen gegen die Ungarn, wie er selbst in etwas unbeholfener Weise erzählt. Man sieht aus der Strophe (III, 2), dass er besser darin geübt war das Lob der Freigebigkeit zu singen und anderseits kargen Herrn zu Gewissen zu reden oder seinem Aerger über Konkurrenz machende Genossen durch eine Fluth von Scheltworten Luft zu machen als historische Thatsachen zu berichten.

Der herbe Ton, der uns in vielen Gedichten entgegentritt, hat seinen Grund darin, dass diese Sänger einander häufig anfeindeten, anderseits muss es an den Fürstenhöfen selbst und auf den Burgen der Herren Leute gegeben haben, welchen sie nicht wol zu

Gesicht standen. Wir hören von ihnen häufig Klagen über Verläumder und böse Zungen, und man geht nicht fehl, wenn man neben anderen besonders Klosterinsassen darunter versteht; bekanntlich waren diese dem Völkchen der Fahrenden aus guten Gründen nicht hold und wollten auch selben noch immer nicht das Feld räumen. Diese Ansicht bestätigen Meissner und Frauenlob, die sich in bitteren Vorwürfen ergehen, dass die Herren nur den Mönchen Gehör schenken, dass sie diesen weltlich Gewand geben; „was soll ihnen das, die Knoten und Seil sollten um sich knüpfen. Die sollten nicht so neidisch sein, sie gönnen uns nicht, was man uns gibt, Hofmönche und Klosterritter sind schädliche Bettler" (HMS. I, 108). Nicht weniger heftig äussert sich Frauenlob in drei Gedichten: „Herr Hof, wie lange soll ich es ertragen, dass euch die Klosternarren (klostergiegen) so wol behagen; seht hier, seht dort, seht her, seht hin, bei Fürsten sieht man Kappen. Ein Schmied soll schmieden, ein Bader baden, ein Jäger jagen, dem Mönch ziemt sein Kloster besser, als dass er sich zu Hofe breit mache; dem Priester ist Priesterschaft gegeben, dem Ritter ritterliches Leben [1]." Aus solch gereizter Sprache geht klar die Stellung dieser Hofmönche zu den Fahrenden hervor. Letztere wurden auf jede mögliche Art verdächtigt, als Sünde ward es bezeichnet ihnen Gabe zu reichen. Auch der Sonnenburger hatte das erfahren. In einer Reihe von Strophen vertheidigt er jene, die Gut den „gernden" geben und anderseits diese, welche es nehmen. „Sie lügen, die sagen, es sei Sünde Gut zu geben und wer es thue, stosse es dem Teufel in den Mund. Untreue und unrechtes Leben hassen die ‚wisen gernden," sie bitten um Gottes willen um das, was man ihnen gibt, und wünschen den Gebern Heil zu aller Zeit; sie haben Gott vor Augen und empfangen das Altarssakrament, sie schämen sich der Sünde und bitten für die Christenheit. Das thut kein Teufel (I, 7). Gut zu nehmen sei nur unrecht, wenn man nach Art der Geizigen allzu viel nehme (I, 8)." Zum Schutze der Schenkenden weist er auf Gott, der sich sonst auch versünden würde, da er den Christen, Juden, Heiden und Ketzern auf Erden alles Gute gebe und den Seinen dort sogar das Himmelreich (I, 9). Christus selbst habe Petrus geboten allen zu geben, die ihre Hand darreichen. „Sie

---

[1] Aehnliches finden wir bei Reinmar von Zweter (HMS. II, 201 a.)

lügen also, die sprechen, dass es Sünde sei, wenn ich Jemand um
ein geringes Gut bitte und er es mir mittheilt." I, 7 ist nicht un-
interessant, weil wir daraus erfahren, was man diesen Leuten zur
Last legte.
Unser Dichter ist der Gabe bedürftig, er sagt:
(IV, 161). Sit ich bî rehter kunst bin gâbe unt
guotes alsô blôz,
sô wil ich sêrer liegen denne müge einer
mîn genôz.
Selbst das scheint aber nicht den erwünschten Erfolg gehabt
zu habeu, da er klagt:
(IV, 481). Mich hât mîn tumber, frîer sin gar âne
schult betrogen
an sumelichen, die ich hân mit rîchen
sprüchen an gelogen;
des habent si mir vil schône enzogen unt
gebent mir dar umb niht.
Seine Ansprüche scheinen übrigens nicht gross gewesen zu
sein, er war mit geringer Gabe zufrieden. Der baierische Fürsten-
hof erfreut sich seines Lobes, weil Jedermann zu des Fürsten Brode
gehen könne; dagegen schilt er einen kargen Herrn, der ihm
schlechten Wein und schlechte Speise vorgesetzt hatte: solche Kost
solle er vor die Hunde oder Schweine bringen (str. IV, 21). Von
einem edlen Wirte verlangt er freundlichen Gruss, der erfreue; des
Wirtes Zorn aber thue ihm und allen Gästen weh (str. IV, 22).
Mehr als einmal fordert er die Fürsten und Herren auf zu geben,
denn die Kunst kann ehren und erfreuen; Gott selbst hat sie wert,
die Kunst ist heilig, schlechtem Volke gönnt sie Gott nicht und
das strebt auch nicht darnach; sie ist Gottes Bote und Knecht,
sie ist würdig reicher Gabe und
diu kunst diu nimt durch got umb êre
guot von manegem werden man.
Das ist doch echt spielmännischer Ton. Natürlich spielt auch
die Milde in seinen Gedichten eine grosse Rolle. Wer reichlich
gab, wurde verherrlicht. So liegt in der Strophe auf den Reifenberger die Pointe im Schlussvers:
er rîlich rêret rîche fruht den gernden
naht unt tac.

Die Milde, sagt unser Dichter an einer anderen Stelle, gibt hier den Herren Ehre und dort das Himmelreich, sie bewahrt vor Sünde, Laster und Schanden, deshalb sollten die wolgebornen Milde sein (str. IV, 20). Wer es nicht ist und mit seinem Gute geizt, erfährt scharfen Tadel, ebenso derjenige, welcher „unkünste" hilft; es wird auf die Vergänglichkeit des Irdischen hingewiesen und auf den schlimmen Lohn, der solchen im Jenseits zu Theil wird (str. IV, 38). Derartige Lieder und Sprüche konnten in Folge des Wanderlebens dieser Sänger sehr weite Verbreitung finden, weswegen man deren Ungunst zu vermeiden suchte. Sie selbst waren sich ihrer Macht und ihres Einflusses wol bewusst:

ir edelen wirte hüetet iuch, daz iu daz
niht geschê (IV, 264)

warnt auch der Sonnenburger.

Das ist in grossen Zügen dasjenige, was sich zu seiner Charakterisierung als Fahrenden beibringen lässt. Dem entspricht auch die Sprache, doch darüber an seiner Stelle. Damit ist zugleich aber auoh die Kenntnis von dessen Lebensverhältnissen erschöpft.

Für die chronologische Fixierung ist zunächst Spruch II, 7 heranzuziehen, der sich auf den Tod eines Kaisers bezieht:

Was hilfet nû des riches guot
dem keiser? er ist erstorben,
von dem die edelen kristen lident nôt und arebeite.

„Was half ihm seine Weisheit, heisst es weiter, seine Herrlichkeit, wenn er durch sie die Welt in Bedrängnis gebracht hat; haben die Pfaffen nicht gelogen, so muss er dafür dort Schmerzen dulden."

Ohne Zweifel ist Friedrich II. gemeint, der am 13. Dezember 1250 starb, auf ihn nur passt der Inhalt; denn während einerseits seine Weisheit und staatsmännische Tüchtigkeit selbst die Gegner anerkennen mussten, ward anderseits dieser im Leben schon verketzerte Kaiser von der päpstlichen Partei nach dem Tode in die Hölle verwiesen [1]). Der welfische Klerus und Bettelmönche, die nun ausgesandt wurden, um gegen Konrad IV. aufzustacheln, mögen

---

[1]) s. Raumer, Hohonst. IV, 234. Dante, l'Inferno cant. X, 119. Monachi patavini chron. bei Muratori script. Ital. VIII, 685.

die seltsamsten Dinge über Friedrich's Ende verbreitet [1]) und seine ewige Verdammnis gepredigt haben, wie dies aus den letzten Versen des Spruches hervorgeht. Der Beisatz „unt hânt die pfaffen niht gelogen" lässt erkennen, dass der Dichter mehr Gehörtes referiert, als dass er selbst davon überzeugt ist. Jedenfalls stand er aber in keiner näheren Beziehung zu diesem Kaiser, auch hat er das Gedicht sicher nicht am Hofe des den Staufern verwandtschaftlich und politisch verbundenen Baiernherzogs Otto II. verfasst, wohin uns ein anderes nicht lange nachher weist.

Es ist I, 6, worin der Hof dieses Fürsten über alle anderen in der Christenheit erhoben wird, da trotz der Anwesenheit so vieler hohen Persönlichkeiten Jeder zu dessen Tische gehen dürfe. Von jenen werden genannt die Kaiserin und Königin von Rom, die Tochter des Königs von Ungarn, die Herzogin von Brabant und die Fürstin mit ihren zwei Töchtern. Die erste der Frauen ist Herzog Otto's Tochter Elisabeth, welche sich am 1. September 1246 zu Augsburg mit König Konrad IV. vermählt hatte [2]); dann Elisabeth, Tochter König Bela's, bereits 1244 oder 1247 (die Angaben differieren) mit Herzog Otto's jüngerem Sohne Heinrich verlobt und gestorben 1271; Maria, die Schwester Herzog Heinrich's von Brabant und Gemahlin Ludwig's des Strengen (seit August 1254), der sie am 18. Jänner 1256 im falschen Wahne, dass sie Ehebruch getrieben habe, hinrichten liess [3]), und endlich die Gattin Otto's selbst, Agnes (gest. 16. November 1267), mit ihren Töchtern Sophie (geb. 1236), 1259 mit dem Grafen Gebhard von Hirschberg vermählt, und Agnes, nachher Nonne im Kloster Anger [4]). Das Gedicht muss demnach zwischen 1. September 1246 und 19. November 1253, in welchem Jahre Herzog Otto starb, entstanden sein; doch lässt sich die Grenze mit Wahrscheinlichkeit noch enger ziehen. Im Oktober 1251 hielt nämlich Konrad IV. seinen Abschiedshoftag, auf dem er wegen seiner bevorstehenden Abreise nach Apulien Herzog Otto II. zu seinem Stellvertreter in

---

[1]) s. Hohenst. IV, 261 und 263.
[2]) Boehmer, Wittelsbacher Reg. p. 21.
[3]) Buchner, bair. Geschichte V, 139 f.
[4]) Buchner V, 122.

Deutschland ernannte [1]). Konrad's Gemahlin blieb während der Abwesenheit des Gatten bei ihren Angehörigen in Landshut und gebar dort am 25. März 1252 Konradin. Wenn die Strophe nach diesem Datum verfasst worden wäre, würde sicher auch Konrad's Sprössling wie die jugendlichen Töchter Otto's Erwähnung gefunden haben; da dies aber nicht der Fall ist, so setze ich sie zwischen 1251 und 25. März 1252 an. Diese Annahme wird noch durch folgendes unterstützt. Ich sehe in

diu künegîn von Rôme hât
dâ ganze werdekeit

nicht eine leere Redewendung, sondern schliesse, dass das königliche Ansehen in Deutschland damals einen Schlag erfahren haben muss. Und der war die im Frühjahre 1251 gegen den Gegenkönig Wilhelm verlorene Schlacht bei Oppenheim [2]), wodurch der Plan Konrad's seine Macht in Deutschland zu befestigen gescheitert war. Auffallend ist in dem Gedichte noch, dass die Söhne Otto's nicht genannt sind, ja auf diesen selbst nur ganz allgemein Bezug genommen wird. Das lässt sich nur durch deren Abwesenheit erklären, und wirklich waren sie in der von mir angesetzten Zeit in der Ferne. Bald nach dem Abzuge König Konrad's nach Italien wurde Herzog Otto in Krieg verwickelt mit Ottokar von Böhmen, welchen die Bischöfe von Regensburg und Passau unterstützten. Anlass zu demselben waren Zwistigkeiten, die nach dem Tode Herzogs Hermann von Baden (4. Oktober 1250) betreff der Nachfolge in Oesterreich entstanden waren [3]). Ein Theil des österreichischen Adels erklärte sich für Hermann's jungen Sohn Friedrich und rief zur Wahrung von dessen Rechten Otto von Baiern zu Hilfe, der grösste Theil aber war für Ottokar von Böhmen, der mit Margaretha, Friedrich's des Streitbaren Schwester, sich vermählen sollte, und zum Ueberfluss erhob auch noch der König Bela von Ungarn Ansprüche. So kam es, dass im Jahre 1251 zugleich Böhmen, Baiern (unter dem Kommando Ludwig's des Strengen) und Ungarn in Oesterreich einrückten. Otto selbst wandte sich gegen den Regensburger Bischof, einen anderen Theil

---

[1]) Wittelsbacher Reg. p. 23.
[2]) Hohenst. IV, 323.
[3]) Buchner V, 118 ff.

der Truppen befehligte sein anderer Sohn Heinrich. Dieser Krieg dauerte mit geringer Unterbrechung dritthalb Jahre. Anfänglich von glücklichem Erfolge begleitet nahm er schliesslich ein ungünstiges Ende, indem Otto wegen des starken Widerstandes in Oesterreich seine Vereinigung mit den Ungarn nicht bewerkstelligen konnte, und nur Heinrich mit wenigen Begleitern auf Umwegen zu Bela gelangte, von wo er erst 1254 nach Baiern zurückkehrte. Herzog Otto starb bald nach seiner Heimkehr. Ich habe mich über diese Vorgänge etwas weiter verbreitet als es vielleicht nothwendig erscheinen möchte, ich that dies aber, weil sich daraus noch weitere Schlüsse ziehen lassen.

In III, 1 wird eben genannter Herzog in überschwänglicher Weise gepriesen als des Christenthums Ehrenkleid, Leitstab der Ehre, Rechtes Mund, Gerichtes Hand, Adamas der Treue und fruchtbare Balsamrebe. Nach den obigen historischen Mittheilungen sind wir nun berechtigt die Strophe vor I, 6 also vor 1251 anzusetzen. Die wiederholte Hervorhebung, dass Otto die Stütze des Christenthums sei, darf nicht verführen, dieselbe auf die Zeit zu beziehen, in welcher der Herzog durch die Zusprache seiner Frau, einer Welfin, und deren Beichtvater bewogen sich von Kaiser Friedrich II. losgesagt und auf die Seite des Papstes gestellt hatte (1239—41)[1]). Dazu stimmen des Sonnenburgers Gedichte nicht, er war kein Parteigänger der antikaiserlichen Richtung, die sich damals gerade in ihrer Naturfarbe zeigte; ich erinnere an den Legaten Albert Beham und ähnliche Leute. Wenn er vom Fürsten sagt, er sei

ein wuocherboum der saelekeit,
daz ist wol schin an sinen edelen kinden,
der gèret wirt diu kristenheit,

liegt es vielmehr nahe an die Vermählung seiner Tochter mit Konrad und die Verlobung Heinrich's mit Maria von Ungarn zu denken. Die Strophe wäre also um 1247 gemacht, wenn wir mit den Admonter Annalen[2]) die Verlobung in dieses Jahr setzen.

Sehe ich einstweilen von III, 2 ab, so sind in den ersten drei Tönen die Strophen, welche mit einiger Sicherheit eine Zeitbestim-

---

[1]) Buchner V, 88.
[2]) ap. Pertz 9, 593.

mung zulassen, erschöpft; bei zwei anderen will ich eine solche versuchen.

II, 4 wird die Milde des Böhmenkönigs gepriesen: hätte er die Schätze des Kosdras, so würde er doch nicht eher schlafen, bis sie alle vertheilt wären, an Edelmut gleich dem Saladin, der es so mit dem Steine von Baldak gemacht habe. Hagen bezieht die Strophe auf Ottokar, doch ich kann mich nicht zu seiner Ansicht bekennen. Nach ihm wäre sie frühestens 1253 entstanden, denn in diesem Jahre wurde Ottokar König; damals war aber Baiern gerade in Kampf mit Böhmen und selbst nach Beendigung desselben muss ein feindseliges Verhältnis zwischen den Fürsten beider Länder bestanden haben. Nämlich im Frühjahr 1257 [1]) fiel Ottokar bereits wieder in Baiern ein und nun zogen sich die Zwistigkeiten fort bis zum Beginne des Jahres 1261; da söhnte sich erst Herzog Heinrich mit dem Böhmenkönig aus, nachdem schon vorher sein Bruder Ludwig durch eine politische Heirat mit Anna, einer Tochter Herzogs Konrad von Schlesien, ein Bündnis mit demselben einzugehen gewillt war, und selbst dann war der Frieden von kurzer Dauer. Darf man im Allgemeinen zwar nicht annehmen, dass solche Fahrende sich von besonderen Rücksichten leiten liessen, so widerspricht es doch dem Charakter unseres Dichters, dass er sich vom baierischen Hofe, den er so sehr preist und an dem wir ihn später wieder treffen, zu den Feinden seines Gönners gewandt habe. Und dies müsste nach Hagens Annahme der Fall sein; denn es ist wahrscheinlich, dass nach 1254 der Ton II keine Verwendung mehr fand. Ich glaube eher, dass sich der Sonnenburger nach seinem ersten Aufenthalte in Baiern an den Hof des Königs Wenzel begeben habe und von dort zu dem Grafen von Beichlingen, dessen Freigebigkeit er sich erfreute. Darum zollt er ihm nicht ein spitziges Lob, das dünne ist; er sagt:

Sin lop daz wil ich willeclich

ûz reinem sinne singen.

Der Herr verdient es, weil er mit willigen Händen gibt; er ist ohne Falsch und ohne Schandfleck, er ist der „êren sageraere." Aus dem mächtigen Geschlechte der Grafen von Beichlingen, die

---

[1]) Buchner V, 144 ff.

ihre Stammburg an der Unstrut hatten, ist wol Friedrich III. gemeint, der in des Dichters Zeit fällt (gest. 1275). Die Zeit zwischen 1247 (?) und ungefähr 1251 mag also der Aufenthalt in diesen mehr nördlichen Gegenden Deutschlands ausgefüllt haben. Nachher weilt er wieder am Hofe des Baiernherzogs. Für meine Ansicht scheint auch der Umstand zu sprechen, dass die eben besprochene Strophe in der Handschrift unmittelbar auf jene folgt, welche ich glaubte mit Gewissheit auf Kaiser Friedrich's II. Tod deuten zu können.

Nach diesen Darlegungen fällt keines der zeitlich fixierbaren Gedichte über 1253 hinaus, und da in Ton IV eines schon auf 1254 weist, können wir in der dichterischen Thätigkeit des Sonnenburgers zwei Perioden unterscheiden: die erste, Ton I—III (mit Ausnahme von III, 2) umfassend, reicht bis 1253, die zweite schliesst sich an und währt wenigstens bis 1275, in ihr hat er fast ausschliesslich sich des Tones IV bedient.

Ton I—III zeigen das Ringen nach passender Form, denn allen dreien, besonders I und II liegt eigentlich dasselbe Schema zu Grunde, an dem man aber die feilende Hand bemerkt. Später gibt er diese Versuche auf, er findet, dass der rasche und bewegliche Ton, den der drei- und viermal gehobene Vers mit sich bringt, für den ernsten Gedankenkreis, welchen er behandelt, nicht stimmt und wählt die Langzeile. Das Beibehalten derselben während der zweiten Periode zeigt, dass er glaubte darin die richtige Form gewonnen zu haben.

Was die Ueberlieferung anbelangt, so stellt sich das Verhältnis von Strophenanzahl und Zeit in den beiden Perioden ziemlich als dasselbe dar und man könnte dadurch versucht sein zu schliessen, dass Alles uns erhalten sei. Ich lasse dies dahingestellt; die Productivität eines Dichters ist ja nicht immer dieselbe, und zudem mögen oft Versuche der ersten Zeit unbeachtet geblieben sein. Die Gruppierung in den Handschriften kann im Allgemeinen sachlich genannt werden (ich spreche zunächst von Ton I—III). Dasselbe Princip hat Scherer [1] für den Anonymus, Spervogel und Reinmar von Zweter (str. 1—193, in D),

---

[1] Deutsche Studien I. s. Wiener Akad. Abhandl. der philos.-hist. Cl B. LXIV, H 1, p. 209 ff.

Strauch[1]) für Meister Alexander in J und Marner (Ton 1—X) nachgewiesen.

C bringt die Töne in der Reihenfolge meines Textes, in J steht IV voran, II, I folgen (die zwei Strophen von III fehlen); Ton IV ist wol vorangestellt, weil er am zahlreichsten vertreten ist. Auf den Bau näher einzugehen behalte ich mir für später vor; bemerkt sei nur, dass die Töne der ersten Epoche, abgesehen von dem schon berührten Hauptunterschiede, in ihrer Anlage einfacher sind als IV. Alle drei haben im Abgesange, der in zwei Theile gegliedert ist, dasselbe Reimschema, in I und II ist mit geringer Differenz auch der Versbau derselbe. Hätten wir also zur Bestimmung keinen anderen Anhalt, so würde schon dies sie in frühere Zeit weisen. Nach meinem Dafürhalten wäre die Folge III, II, I die richtige; dadurch würde aber nur Konfusion entstanden sein und um diese zu vermeiden schloss ich mich an C an.

Die Strophen der ersten Periode sind durchaus nicht allgemein gehalten, wie es sonst gewöhnlich bei jungen Dichtern der Fall ist. In manchen bricht schon die persönliche Stimmung durch, der Dichter tritt rathend, warnend und ermahnend auf; all' dies passt nur auf ein gereifteres Alter. Aber es ist doch ein grosser Unterschied zwischen diesen und den späteren Gedichten. Hier erfasst er nur das, was ihn unmittelbar berührt: er lobt den Reichen, welcher ihn beschenkt, er vertheidigt die Fahrenden, weil er sich selbst von den Anklagen betroffen fühlt; wenn er tadelt oder schilt, wendet er sich an eine Person meist mit „Du" sie ansprechend.

Was ferner liegt, kümmert ihn nicht, so wird über Friedrich II. erzählt, was er von Mönchen gehört hat. In späterer Zeit dagegen erweitert sich der Blick des Dichters und er ist reich an Erfahrungen geworden; daher begegnen wir häufig Klagen über den üblen Zustand der Welt, er liebt Moral zu predigen, und zwar sind seine Lehren gewöhnlich an die Gesammtheit gerichtet, wie das der überwiegende Gebrauch der dritten Person zeigt. Auch das politische Leben hat jetzt für ihn Interesse, am auffallendsten tritt aber der Gegensatz hervor, wenn wir die religiösen Sprüche der zweiten Periode mit denjenigen der ersten zusammenhalten.

---

[1]) Marner, p. 10 f.

In jenen sucht er in die Geheimnisse des Glaubens einzudringen und dieselben zu erklären, dabei blickt ziemlich genaue Kenntnis der hl. Schrift durch und in der Darstellung werden Bilder und Epitheta, welche die Bibel und ähnliche Werke bieten, nicht gespart; Weltschöpfung, Sündenfall, Christi Geburt und Tod, die Erlösung sind seine Stoffe, besonders wird auch Maria verherrlicht. In den ersten Tönen sind derartige Gedichte nur spärlich, die Sprache ist einfacher und nicht voll formelhafter Ausdrücke, nicht so feierlich, kurz die Behandlung ist eine ganz andere. Ein Beispiel möge dies beweisen: IV, 11 bittet der Dichter Maria Fürsprecherin bei Gott zu sein: hilf uns, dass wir büssen und Reue empfangen; wenn wir in der letzten Stunde alle vor Gerichte stehen, zeige uns deine Barmherzigkeit, dann wird dein Lob erfüllt, wie es von dir geschrieben steht; behüte uns vor der Hölle und des argen Teufels List und sprich zu deinem Kinde: Vater, Sohn, heiliger Geist, vergib dem Sünder sein sündiges Leben. An anderer Stelle bekennt er sich selbst als „sünden richen man" und schliesst:

swaz ich unz her gesündet hân, daz ist mir, frouwe, leit.

Daraus spricht tiefer Ernst und ein frommer Sinn. Stellen wir nun 1, 2 entgegen.

Hier ist die Bitte mit Drohung verknüpft: „Gottes Tochter, willst du mir nicht lohnen, so sage ich, was ein hoher Mann mit dir gethan hat; er bot dir seine Minne an und willig schenktest du ihm Gehör, aber es war dir nicht genug mit dem einen: ich weiss drei, welchen du im geheimen Liebe zuwandtest, und Gabriel versah dabei das Botenamt." Das ist ein ganz anderer Ton, ich möchte ihn beinahe schalkhaft nennen; so sagt der noch lebensfreudige Spielmann. Frisch ist die Sprache überhaupt in dieser Periode, der Dichter zeigt in der Darstellung Gewandtheit, er weiss die sprachlichen Mittel geschickt für seine Zwecke zu verwenden und hat Sinn für Architektonik im Strophen- und Satzbau; gewöhnlich ist der Hauptgedanke in den letzten Vers oder wenigstens gegen das Ende gerückt; nicht selten begegnen gar nicht oder nicht häufig belegte Worte. Doch artet er hierin nicht aus, wie auch seine Gedichte frei von gelehrten Faseleien sind, was ihn von anderen mit ihrem Wissen kramenden Standesgenossen vortheilhaft unterscheidet; nur II, 4 werden, nicht unpassend, zwei sagenhafte Stoffe herangezogen.

Wir haben gesehen, dass sich Ton I und II in den Strophen
6 und 7 zeitlich nahe stehen, der Uebergang von einem Ton in
den andern müsste demnach im Jahre 1251 erfolgt sein, wenn sich
der Dichter nicht etwa eine Zeit lang beider zugleich bediente.
Ausser den bereits vorgenommenen chronologischen Bestimmungen
noch weitere zu versuchen, bliebe resultatlos.

In Ton I gehören jedenfalls zusammen Strophe 3 und 4, wie
schon der gleiche Eingang zeigt. Erstere enthält eine Lehre für die
Wahl von Rathgebern: nur der schicke dazu, der Gott vor Augen
habe und die Ehre liebe; in str. 4 wird vor gemächlichem Leben
gewarnt, das die Thatkraft des Mannes lähme und Unehre bringe;
der edle Mann solle Mannheit, Milde und Zucht pflegen. Die
Anrede „hôch und edel man, hôchiu fruht" und die Aufforderung „ir
helfet helde erstîgen" lässt in dem Angesprochenen einen Herrn
vornehmen Standes, wol einen Fürsten errathen; dasselbe gilt von
str. 5, worin es den Dichter wundert, wie dem Herrn zu Muthe
sei, der sich bei reichem Einkommen schelten lasse, während dessen
Dienstmann reiches Lob erwerbe. str. 6 enthält das Lob des bairischen Hofes, str. 7—10 die bekannte Vertheidigung der Fahrenden.
str. 11 geisselt in trefflicher Weise das heuchlerische Gebahren
gewisser Prediger. Man halte str. II, 7 dazu, die sich noch auf
die Mönche beruft, und der Vergleich ergibt, dass erstere sicher
später entstanden ist; üble Erfahrungen mochten den Dichter zu
anderer Ansicht gebracht haben.

In str. 13 rechtfertigt er sich, dass er nicht höfischen Sang
singe, damit, dass ihm dafür kein Habedank zu Theil werde; er
sänge wol Minnelieder, von des Maien Thau und, wie sich Lieb
von Liebe trennne, lasse es aber, da Zucht und höfischer Sang
den Jungen nicht behage und sie lieber die Frauen beim Weine
schelten.

In Ton II sind Strophe 1 und 3 didactischen Inhalts, 5 richtet
sich wieder an die Herren und gibt denselben Anweisung, wie sie
das Lob der Meister erwerben können; die Anforderungen sind
ziemlich dieselben wie in str. I, 4, nur wird hier noch hinzugefügt, dass ein solcher auch das Lob edler Frauen haben müsse.
Der Dichter scheint also wirklich einigen Sinn für das Höfische
gehabt zu haben. Aus str. 6 erfahren wir, dass er „durch zuht"
eine Zeit lang geschwiegen habe, obwol er den Wolgemuten gerne

den Genuss seines Sanges gegönnt hätte; eine Klage, die uns gar häufig begegnet.

Mit str. III, 2 werden wir nun in die zweite Periode versetzt, die gerade die Zeit des Interregnums umfasst. Hier fliessen die Quellen für unseren nächsten Zweck sehr sparsam. Gedichte, welche historische Persönlichkeiten nennen, gestatten keine sichere Datierung, und andere zeitlich fixierbare lassen uns wieder über den Aufenthalt des Dichters im dunkeln; doch wird der Anfang und das Ende der Periode wenigstens markiert.

str. IV, 39 mahnt an den nahenden Gerichtstag: Unrecht und Gewalt herrsche auf der Welt, die Pfaffen werben um Gut, sie machen Recht zu Unrecht, wenn sie dafür bezahlt werden. Der Schluss lautet:

sich, wie diu welt gar âne bâbes unde ân keiser stât!
gip, hêr got, dirre kristenheit ein bâbes und ein
keiser hêr,
ez ist der pfaffen wille wol wird niemer keiser mêr.

Darauf gestützt bezieht Hagen das Gedicht auf Kaiser Friedrich II. und den am vierten Jahrestage seines Todes am 13. Dezember 1254 erfolgten Tod des Papstes Innocenz IV., und ich glaube mit Recht. Man könnte vielleicht an das Jahr 1261 denken, in welchem nach dreimonatlichem Streite der Kardinäle endlich Urban IV. zum Papste gewählt wurde [1]. Auch die kaiserlose Zeit war damals noch nicht zu Ende; aber die Strophe ist unter dem frischen Eindruck bedeutender Ereignisse verfasst, und ein solches war der Tod Innocenz, IV., bei dem die Erinnerung an Friedrich II. nur um so lebhafter erwachte. Dieser wurde in der That als letzter Kaiser vor Rudolf von Habsburg angesehen (Rumelant HMS. III, 61 a), gleichwol liegt Konrad IV. näher, der kurze Zeit vor dem Papste gestorben war (21. Mai).

Mit ihm war die Hoffnung, bald einen Kaiser zu erhalten, geschwunden. Sowol von Friedrich als von Konrad nahm die öffentliche Meinung an, dass sie vergiftet worden seien, und der Verdacht ruhte natürlicher Weise auf der den Hohenstaufen stets feindlich gesinnten päpstlichen Partei; dies Geschlecht sollte vernichtet werden. In diesem Sinne erkläre ich mir den letzten Vers.

---

[1] Hohenst. IV, 466.

Da am 25. Dezember 1254 schon Alexander IV. dem Innocenz auf dem päpstlichen Stuhle nachfolgte, fällt das Gedicht zwischen 13. und 25. Dezember.

Noch einmal hat es den Sonnenburger nach Baiern und zwar zu Herzog Heinrich gezogen, dessen er in der Ferne mit Freude gedenkt (str. IV, 12). Wenn dies gewesen, lässt sich eben so wenig bestimmen wie die Zeit, in der er die Gastlichkeit des Reifenbergers (str. IV, 37) genossen hat. Trifft der erstere Aufenthalt vielleicht in die fünfziger Jahre, so möchte ich den bei dem letztern Herrn in das Ende der sechziger Jahre setzen. Und aus den Landen Meinhard's von Görz mag sich der Dichter in das anstossende Gebiet des Böhmenkönigs Ottokar begeben haben, um 1271 den Kriegszug gegen die Ungarn mitzumachen (III, 2). Oder weilte er vorher in seiner Heimat im Pusterthale? Ein merkwürdiges Zusammentreffen, dass im Jahre 1270 Ulrich von Taufers in tirolischen Urkunden verschwindet[1]) und 1273 als Ottokar's Hauptmann in Kärnthen erscheint[2]). Fast drängt sich der Gedanke auf, dass sich der Sänger dem Tauferer angeschlossen habe und beide zusammen sich dann an jenem Zuge betheiligten. Bald nachher scheint er sich aber wieder vom Böhmenkönig abgewendet zu haben, denn die Strophe, in welcher er klagt, dass ihn und manchen Mann eines Königes Ja betrogen habe (IV, 23), kann wol nur auf diesen bezogen werden. Worauf in derselben angespielt wird, ist unklar. Hat der Dichter eine versprochene Gabe nicht erhalten, oder haben wir einen politischen Hintergrund zu suchen? Hagen denkt auch an den Wankelmut Ottokar's gegen Rudolf von Habsburg, dessen Königswahl er sich widersetzte, obwol von ihm selbst die von den Kurfürsten angetragene Krone nicht angenommen wurde.

Wie dem immer sei, im Jahre 1273 finden wir ihn auf Kaiser Rudolf's Seite, dem er drei Strophen widmet (IV, 24, 25, 26). Ich hätte str. IV, 26, welche Rudolf's Krönung in Achen am 24. Oktober feiert, voranstellen sollen, da sie in frühere Zeit fällt als die beiden anderen.

str. IV, 24, die die Briefe des Papstes an Rudolf mittheilt, ist

---

[1]) Ferd. Zs.³ XII, 43 f.
[2]) Muchar, Gesch. d. Steiermark II, 355.

etwas später. Gregor's X. Schreiben ist am 26. September 1274 in Lyon den Gesandten des Habsburgers mitgegeben worden und derselbe empfieng es im Februar 1275 auf dem Reichstage zu Würzburg. Dies ist das späteste Datum in den Gedichten. Würde Friedrich von Sonnenburg noch längere Zeit gelebt haben, so wären die bedeutungsvollen Ereignisse der kommenden Jahre sicher nicht spurlos an ihm vorüber gegangen, sondern wir würden Andeutungen in seiner Dichtung finden. Es ist daher wahrscheinlich, dass er bald nach 1275 gestorben ist. Hermann Damen beklagt ihn zur Zeit, als Konrad von Würzburg noch am Leben war, als todt; das Jahr 1287 ist jedenfalls die äusserste Grenze.

Vierzig Jahre seines Lebens konnten wir in seinen Gedichten überschauen. Schon die frühesten Producte zeigten ernsten Sinn, gereiftes Alter; für sie suchte ich aber ungefähr das Jahr 1247 als Abfassungszeit festzustellen, und so wird es nicht weit gefehlt sein, wenn wir das Geburtsjahr in das zweite Zehent des 13. Jahrhunderts ansetzen.

II.
Poesie.

Zuerst ist die Frage zu erledigen, ob unser Sonnenburger nur Spruchdichter war oder ob er sich auch mit der Lyrik beschäftigt habe. Bartsch verneint Letzteres (LDLIII), von der Hagen (MS. IV, 659 b) dagegen bemerkt zu str. I, 13: „sie vervollständigt aber den Umfang von Sonnenburgs Singen und Sagen, und dass er ausser den dargelegten geschichtlichen und lehrhaften Sprüchen auch Minne- und Mailieder dichtete, wenn gleich nichts davon übrig ist." Mir scheint das betreffende Gedicht eine solche sichere Folgerung nicht zu erlauben. Wenn der Dichter in demselben sagt, er würde wol derartige Lieder singen, thue es aber nicht, weil sie bei den jungen Rittern keinen Anklang finden, so erhellt daraus zwar, dass er sich zu jener Zeit nicht damit abgegeben habe; hätte er es aber je vorher gethan, so wäre sehr nahe gelegen darauf hinzuweisen und dann würde auch die breite Auseinandersetzung, dass er sich höfisch benehmen könne und gar wol Lieder zu singen verstehe, ziemlich überflüssig gewesen sein, da doch anzunehmen ist, dass den besseren Fahrenden ein gewisser Ruf vorausgieng. Mir ist es wahrscheinlicher, dass er sich nicht mit Lyrik befasst habe. Und, wenn es der Fall gewesen wäre, sollte Alles verloren gegangen sein, während uns doch eine bedeutende Anzahl von Sprüchen erhalten ist?

Wenn ich in folgendem über seine Spruchpoesie handle, kann ich mich kurz fassen, da sich schon an früheren Orten Gelegenheit fand Manches zu bemerken und anderseits die behandelten Stoffe meist nicht eigentümliche sind.

Ueber den Spruch handelt Scherer im ersten Theile seiner

deutschen Studien [1]). Die wesentlichsten Arten umfasst das „bispel," nämlich Sprichwort, Gleichnis, Fabel, Parabel, Novelle. Ein Gleichnis finden wir in str. IV, 36. Der Holunder mit seinem übel riechenden Blatte und seinen lieblichen Blüten wird auf Maria und die Juden gedeutet. Die Juden sind der faule Mist, das heisst das Laub, welches sonst zu nichts verwendet werden kann, aus dem Gott die edle Blume Maria entsprossen liess. Denselben Vergleich bringt Konrad von Würzburg in seiner goldenen Schmiede v. 1436 ff.

Auch das Räthsel ist vertreten. str. IV, 17 wird es einem Meister aufgegeben: eine Frau ist stark und schön, doch zugleich schwach und alt, sie ist weise und thöricht, gross ist ihre Gewalt und Freude und Leid bringt sie dem Menschen, gegen ihre Klugheit verschwindet die aller Frauen; ihr Bauch ist Stahl, ihr Rücken Blei und befiedert sind die Füsse, und dies Ungeheuer hat den Teufel zur Ehe genommen. Die Auflösung ist nicht schwer: es ist die Welt, die unser Dichter öfters als Frau anspricht, und der er gleich in der folgenden Strophe manche der hier aufgezählten Eigenschaften vorwirft.

Am liebsten behandelt er die Gnome, den Denkspruch, in ihren zwei Arten, der mehr weltlichen und allgemein moralischen und der geistlich-kirchlichen. Zu ersterer gehören die Sprüche zum Preise der bairischen Fürsten (I, 6. III, 1. IV, 12), des Böhmenkönigs Wenzel (II, 4), des Grafen Friedrich von Beichlingen (I, 10) und des Herrn Ulrich von Reifenberg (IV, 37), auch III, 2 kann hieher gezählt werden, und endlich noch die wenigen Sprüche politischen Inhalts, wie die auf Kaiser Rudolf sich beziehenden.

Bei einem Fahrenden, wie auch unser Dichter ist, kann es nicht befremden, wenn in dessen Poesie die Milde und Kargheit der Herren eine grosse Rolle spielt, die Sorge um die Existenz lag ihm am nächsten. Und wie er dem Freigebigen sich nur im Liede dankbar zeigen konnte, so musste anderseits dasselbe auch als Waffe dienen, um sich am Geizigen zu rächen. Products letzterer Art haben meist nicht grossen poetischen Wert, ebenso diejenigen, in welchen der Groll und Ingrimm gegen vermeintliche oder wirkliche

---

[1]) Abhandlungen der Wiener Akademie, phil.-hist. Kl. Jahrgang 1870 B. LXIV, 327 ff. 339 ff.

Gegner zum Ausdruck gebracht wird. Interessant sind sie aber immerhin, weil daraus manche Züge von dem Leben der Fahrenden zu entnehmen sind. Man wird es mir erlassen darauf näher einzugehen, da das Hauptsächlichste schon bei der Charakterisierung des Sonnenburgers als Fahrenden beigebracht wurde. Nur einige seien erwähnt, die zu den rein lehrhaften Strophen überleiten; IV, 15 sucht er die Kunst in ihrem ganzen Werte darzustellen, indem dieselbe in enge Beziehung zu Gott gebracht wird; „undiete" verlieh Gott nicht die Kunst. Strenge wird „rehtiu kunst" von „unkunst" geschieden und Verachtung trifft jene, die mit letzterer es wagen aufzutreten. In str. IV, 27 wird eine Parallele gezogen zwischen dem edlen und bauermässigen Manne. Während jener nach Ehre strebt, ist diesem bei der Schande und Missethat wol; der edle Mann befleissigt sich der Zucht und erwirbt Gottes Wolgefallen, von Art ein Bauer dagegen verachtet Gott und gewinnt sündhaftes Gut; doch liegt die Pointe darin, dass ersterer sein Gut der rechten Kunst gebe, der Bauer aber nach Schalkes Lob strebe. Ueber sündhaftes Gut und dessen Folgen für den Menschen handelt IV, 38: guot, er muoz sîn des tiufels, swer dîn hât ân êre vil.

Wir würden dem Dichter unrecht thun, wenn wir ihn nur als „gernden" hinstellen wollten, dessen Poesie sich beinahe einzig um das Gut und die Gabe dreht. Er zeigt sich überhaupt nicht so unverschämt, wie mancher Andere und mit den Jahren tritt der feste, ernsthafte Charakter immer mehr hervor, die lehrhaften und besonders die religiösen Gedichte treten in den Vordergrund. Schon in der ersten Periode haben wir solche zu verzeichnen. Den sehenden Blinden lehrt er ein Licht anzuzünden, in sich zu gehen und die verborgene Falschheit zu suchen und dann Tugend und guter Sitte zu pflegen (II, 1), das „sinnelîn", der Menschengeist, soll an den Sinn (Geist) denken, der ob allen Sinnen schwebt, und wenn er sich im Spiegel nicht von hinten ansehen kann, solle er in der Sonne seinen Schatten beschauen und des Schöpfers Bild bewahren (II, 3). zuht und mâze wird als Zierde von Frauen und Männern gerühmt, doch müssen sie verbunden sein, „zwâ zuht ist unt diu mâze niht, dâ ist diu zuht verlorn" (IV, 29); ebenso steht Treue und Wahrheit wol an und hilft das ewige Leben gewinnen (IV, 19), dagegen soll Jedermann Misgunst und Untreue meiden, die die

Seele ins Verderben ziehen (IV, 40). Die Jungen fordert der Dichter auf das Alter zu ehren, das die Sünden bereut, gute Werke thut und voll des Glaubens ist. Manche Sprüche lassen deutlich erkennen, dass sie in der ungeordneten Zeit des Interregnums entstanden sind. Die Welt wird von Tag zu Tag nun immer schlechter, heisst es IV, 18; Frau Welt ich muss an euch verzagen, ihr schmilzt wie der Schnee; und daran schliesst sich die allgemeine Betrachtung über die Wandelbarkeit derselben: frô welt, ir gebet ze lône ame ende jâmerlîchez leit. Darum ergeht auch an den Menschen die Mahnung daran zu denken, was er ist und werden muss, und dass er für sein ewiges Heil sorge (IV, 16). Besonders charakteristisch ist aber str. IV, 42 mit der directen Anrede: du sollst nicht verrathen, morden, stehlen, du sollst die Strasse frei lassen und die Kirchen nicht berauben, was ganz auf das heruntergekommene Rittertum jener Zeit passt.

Religiöse Färbung haben die ersten fünf Strophen des vierten Tones, in welchen die Welt von jeglichem Tadel frei erklärt wird, da Gott seinen Fleiss an dieselbe gelegt und aus ihr seine Menschheit genommen habe. An ihr sei Nichts zu schelten, ausser dass die Menschen Sünde begehen; selbst der Umstand, dass sie dem Menschen in Allem unentbehrlich ist und er ihr nach dem Tode noch seinen Körper lassen müsse, wird als gute Eigenschaft angerechnet. In mehreren Handschriften sind uns diese Sprüche überliefert, was ein Beweis ihrer Beliebtheit ist; noch mehr gilt dies für die geistlich-kirchlichen, denn Leupold Hornburg hebt in seinem Gedichte diese Gattung hervor, wenn er sagt: von Sunneburg der gotheit uns ein teil beschiet.

Seltener begegnen uns solche in der ersten Periode, zahlreich aber in der zweiten.

So wird Gottes Grösse, Allmacht und Allwissenheit gepriesen (IV, 6) und ihm gedankt, dass er Maria über alle Himmel erhoben habe, indem er sie zu seiner Mutter erwählte (IV, 7); dann knüpft der Dichter an die Worte des Evangeliums Johannes an, dass aus einem Worte Gott ward, der in Maria die menschliche Gestalt annahm. Mit Jammer waren wir beladen und in Sünden geboren, Maria hat aber unsere Verdammnis abgewendet (IV, 35).

Darum preist er auch Maria, dass sie Jesum geboren habe,

und mit dem Hinweise auf ihre sieben Freuden mahnt er selbe bei ihrem Kinde für ihn und die ganze Christenheit zu bitten. Desselben Inhalts ist str. IV, 11. Nach Gott soll man das höchste Lob der reinen Magd geben, die den umfangen habe, den alle Dinge an Breite und Länge nicht zu umfassen vermögen (IV, 10), und die Gott von Anfang an über alle Geschöpfe erhöht habe (IV, 9). Ein Weihnachtslied ist str. IV, 23.

Ueberall spricht ein frommer Sinn und mit Reue bekennt der Dichter seine Sündhaftigkeit, woraus wir schliessen können, dass sie einer ziemlich späten Zeit angehören.

III.
Sprache und Stil.

Dem Sonnenburger eigen sind folgende Ausdrücke:
I, 135 schade adv.
II, 6 sich morgen.
  16 hellestric, triegel Betrüger.
  17 vellesal, êrenschûr.
  19 schandenspiegel.
  25 aller guoten tât verkius.
  26 rehtverkêre.
  27 dienestblôz adj., friuntverlius.
  29 sinnelin.
III, 9 wuocherboum.
  12 balsemrebe.
IV, 21 gotes garte (Welt).
  22 wundersât.
  35 geopfern.
  249 zuberwîn.
  389 ôrenslüpfel.
  394 tritelfuoz.
  396 bretervelt.
  421 holderboum.
  434 frühterîch.
  438 êrenboum.
  443 undinge — ungedinge.

Ausserdem verzeichne ich noch einige andere, die nicht häufig belegt sind oder vom Dichter in ungewöhnlicher Bedeutung gebraucht sind:

erwelken I, 52; lügevaz II, 15; lastermâse II, 107; êrenkleit III, 2; reit bereit III, 17; hüge Andenken III, 28; volzieren IV, 23; vorbedaehtekeit IV, 99; hêren intr. IV, 133; liniere IV, 138; schallichen IV, 143; walt gewalt IV, 195; kezzelkrût, spîsebrôt IV, 249; ungefuokeit IV, 353; ôrendruosel IV, 385; vederlesen IV, 393; barme Barmherzigkeit IV, 398; verschupfen IV, 378. Den Gegensatz hiezu bilden die zahlreichen formelhaften Ausdrücke, die zum grossen Theile Gemeingut dieser Art von Dichtern sind.

Vor Besprechung derselben sollen aber andere stilistische Eigentümlichkeiten Erwähnung finden.

Allitteration begegnet häufig, ob sie aber bei allen Fällen eine beabsichtigte sei, ist zweifelhaft: ir helfet helde erstigen, wis manlich, milte, minne zuht I, 58, 59, sô man in siht gunminnet und unmaeren I, 76, Swer gibt, die guot den gernden geben I, 97, s. 129, fünf sinne, saelde, sêle unt lip I, 137, dû lecker, loter, boesewiht I, 175, daz tete got, wan got was guot, haet got gein got iht mê gegert I, 187, 189, unt haete ich hübschen habedanc I, 199, unt tuot in schelten wip bî wine baz I, 208, Swelch hêrre wil, daz man in lobe, der lebe ouch lobelichen, sì manlich, milt und offenbàr getriuwe unt gar geminne II, 57—59, rehtes munt, gerihtes hant III, 5, sîniu were unt sîniu wort IV, 5, waz waere liep, waz waere leit IV, 19, gehoehet unt gehêret IV, 106, undiete got künste niht gan IV, 175, diu frouwe fröuwet unt unfröuwet maneger muoter kint IV, 197, triuwe unt wârheit lasters meil ich waene nie gewan IV, 217, künic von Rôme Ruodolf, künftec keiser offenbâr IV, 281, Walhen, Winden IV, 290, der edele man der tar sîn guot durch got der rehten künste geben IV, 323, frâget, waz den werden wîsen werdeclichen an iu behage IV, 362, Ûz einem worte wuohs ein got, der ie gewesen was IV, 409, er rîlich rêret rîche fruht IV, 444. Gern allitteriert ein Substantiv und das dazu gehörige Adjektiv oder der abhängige Genitiv: hêrren hulde I, 172, verschamter schandenspiegel II, 19, hôhsten fröuden hort IV, 6, dîner wîsheit wunderwerc IV, 81, der welte wirdekeit IV, 220, hôhe hêrren IV, 345, milten muot IV, 349, rehten rât IV, 381, schanden schùr IV, 443, verschamten schalke IV, 491 u. a.

Aehnliche Wirkung erzielt der Dichter durch die Verbindung von Worten gleichen Stammes, doch geht er hierin nicht zu weit wie andere: hilf uns, daz wir iemer sin mit den gefröuten frô I, 6, wie sol der râten êren rât I, 45, klim an die hoche, hôhiu fruht I, 57, geloben mit lobe waeren I, 74, des got bat got durch got nâch gotes gebete I, 192, Ich sunge gerne hübschen sanc I, 193, bint dinen willen in solhez bant II, 11, ûz allem sin ein sinnelin kanstû dich baz versinnen II, 29, sin lop daz wil ich willeclich ûz reinem sinne singen II, 102, dû zarter gotes garte, in dem got wunder wunders hât gewundert und erbûwen manec tiure wundersät IV, 21, in eweclicher ewekeit IV, 47, die endelôsen wîte, diu ouch ende nie gewan IV, 113, vergip dem sünder sündec leben IV, 132, ansihteclîche wol ansach IV, 306, dû bist guot und alsô guot, daz diner güete ist niht gelich.

Als Bindemittel für zusammen gehörige Sätze dient zuweilen Wiederholung des Wortes, zum Beispiel: don schiet er ûz kein leben — sit daz er nieman ûz beschiet I, 151, allen meistaeren schrîbet er — er schrîbet in IV, 294, sit daz er got behaget — und als er gote behagete IV, 302.

Besonders liebt es der Dichter betonte Worte, die meist das Thema der Strophe bilden, an die Spitze des Verses zu stellen und sie so zu wiederholen: IV, 19 beginnt beinahe jeder Vers mit triuwe unt wârheit, IV, 34 daz alter, IV, 38 guot, IV, 40 Abgunst und untriwe, IV, 20 milte, IV, 18 welt und häufig; auch im Innern der Verse ist es der Fall, zum Beispiel IV, 13.

Ein ganzer Satz kehrt mit Variation wieder I, 3, wo über Rathgeber gehandelt ist: der zimt ze râte wol — der selbe wol ze râte zimt.

Solche Erscheinungen darf man aber nicht als Notbehelfe, um Lücken zu füllen, ansehen; sie sind der Spruchpoesie, besonders der belehrenden, im Allgemeinen eigen, und es soll damit Klarheit und Eindringlichkeit erreicht werden.

Dasselbe Wort erscheint auch häufig in verschiedenem Kasus: I, 5 din schoene ob aller schoene schein, I, 9 dû alles heiles überheil, I, 203 wie küm sich liep von liebe schiet, III, 18 mit rîcher küneges werdekeit der künec von Bêhein dâ gewan, IV, 17 gar alle gotes heiligen hât got ûz dir genomen, IV, 143 sîn lop vor maneges fürsten lobe, IV, 314 die schande unt dar zuo schanden rât.

Zu erwähnen sind auch Häufungen wie: IV, 9 von der, ûz

der, mit der gezieret unt gekleit, IV, 39 enheine stunde, naht noch tac, noch niemer enheine zit, IV, 85 Man hât, man sol und ich wil gern, Maria, prîsen dich, VI, 114 umb und umbe alumbe. In grosser Zahl sind formelhafte Ausdrücke vertreten, zweigliedrige: sîn bet unt sîniu wort I, 25, den sünden noch den schanden I, 48 s. 124; II, 84, IV, 374, wirde und êre I, 56, êre unt guot I, 64, manlich, milt II, 59, heime und ûzen II, 66, muot unt sin II, 76, nôt und arebeite II, 87, âne valsch und âne meil II, 109, âne valsch und âne wanc IV, 138, gabe unt guotes IV, 161, weder ê noch sint IV, 199, ze schaden unt ze fromen IV, 204, lieben unde leiden IV, 214, armen unde rîchen IV, 222, wît unt breit IV, 224, 327, lop und êre IV, 274, 490, ze nutze und âne vâr IV, 283, pfaffen, leien IV, 290, verre unde wît IV, 292, gebot unt gebete IV, 294, frô unt vil gemeit IV, 318, frouwen unde mannen IV, 337, die jungen unt die alten IV, 346, 361, naht unt tage IV, 363, lêre unt rât IV, 381, getriegen noch geliegen IV, 386, haz unt nît IV, 408, kumest unde verest IV, 455, sêle unt lîbe IV, 469 u. a.; dazu gehören auch: mit wârheit sunder spot I, 30. s. IV, 410, gein frecheit sunder zorn I, 62, in êren sunder schande I, 86, âne lougen I, 106, ân alle schande III, 24, âne schamen I, 147, hiut und iemer IV, 49, diz sunge ich allez u n d o u c h m ê I, 205; Formelhaft ist auch der Satz: als er wolde II, 47.

Die häufige Anwendung solcher Ausdrücke lässt uns in dem Sonnenburger wieder den Fahrenden erkennen; denn die Spielmannsdichtung liebt es vorzüglich sich in Formeln zu bewegen, ihr kommt auch eine gewisse Wortarmut zu, wir finden zum Beispiel Adjective und Substantive, die sich in diesen Gedichten beständig wiederholen. Und davon ist auch unser Dichter nicht freizusprechen; liest man seine Strophen nach einander durch, so fühlt man sich bei der Wiederkehr derselben Worte ordentlich gelangweilt; solche sind: hôch, edel, rîch, wert, verschamt, arc, boese u. a., von Substantiven kommt unter andern „werdekeit" als Ausdruck des innern Wertes oder äusseren Ansehens unzählige Male vor. In Verbindung damit steht auch die merkliche Reimarmut; von den vielen konstant auftretenden Verbindungen führe ich nur an muot: guot: tuot, je einmal reimt huot (IV, 42) darauf, ausser diesen findet sich auf uo noch geruochet: suochet und suochen: fluochen; geben: leben: streben, sol: wol: vol, lande: schande, wil: vil: spil, bist: list: ist, wern: gern, kint: sint, geborn: verlorn: versworn; bequem zu verwenden sind Bildungen mit -heit, -keit, die meist mit breit, leit, treit reimen, und im Nothfalle scheut sich unser Dichter auch nicht vor dem Gebrauch eines Wortes der Vulgärsprache wie reit (III, 17). Sogar ferner liegende Sprachformen werden dann von ihm herangezogen, um einen entsprechenden Reim zu erhalten; so lesen wir IV, 27 neben stât auch steit, während er doch sonst selbst stêt an solcher Stelle meidet.

Höheren Flug gewinnt seine Darstellung, wenn er sich von dem zu behandelnden Stoffe erwärmt fühlt; da begegnet uns gewählter Ausdruck, der nicht selten durch Neubildung oder Verwendung ungewöhnlicher Worte zu erreichen gesucht wird, und zwar ist dies der Fall in religiösen Sprüchen, zumeist aber beim Lob milder Fürsten und Herren. Aehnliche Beobachtung können wir auch bei anderen Dichtern machen, und die Erklärung hiefür ist nicht schwer: reiche Gabe musste den armen Fahrenden vor Allem begeistern und dazu mochte noch kommen, dass jeder den andern im Preise des Gebers überbieten wollte in dem Bewusstsein, dass derselbe ein ander Mal zur Belohnung nur noch freigebiger schenken werde. Den Gegensatz zu derartigen Strophen bilden jene, in welchen Erbitterung und Entrüstung das Wort führt, und doch haben sie mit ersteren die Originalität der Sprache gemeinsam, es ist Spott und Schimpf, der in der erdenklich herbsten Weise zum Ausdruck gebracht werden soll, und in der That zeigt der Sonnenburger auch hierin eine ganz bedeutende Erfindungsgabe.

Zum Schlusse dieser kurzen Charakteriesierung der Sprache, worüber sich bei anderen Gelegenheiten noch Manches sagen lässt, sei noch erwähnt, dass sich einmal eine Art Wortspiel findet, nämlich IV, 443, wo es von dem von Rifenberc heisst: der schanden schûr, der schanden rîf, kein undinge in krenken mac. Wortspielerei ist es, wenn I, 12 got bald als Gott Vater, bald als Gott Sohn oder hl. Geist aufzufassen ist. Oxymora sind zum Beispiel IV, 65, 66 der endelôsen hoehe ein dach; der grundelôsen tiefe ein bodem.

Die Strophen unseres Dichters sind grossentheils belehrend, darauf bezieht sich auch das Bild in der Pariser Handschrift, worin er zwei Knaben, die ihn umgeben, liebkoset; wie ein Lehrer stellt sich der Sonnenburger seinem Publikum gegenüber oder vielmehr über dasselbe; er nennt die Fahrenden und damit sich selbst „wîse" (I, 101) und offen gesteht er I, 200: ich haete ouch wîsen sin.

Von diesem Selbstbewusstsein zeigen auch Ausdrücke wie: hie bî sô weiz ich daz (IV, 310), daz ist wâr (IV, 213), ich waene (IV, 149), als ich iu sage (IV, 303); wenn er Rath ertheilt, sagt er: ich râte dir (II, 35), soll derselbe eindringlicher sein: nû merke (I, 33), wol merke (I, 63), diz merke lügenaere (II, 17), der merke mînen rât (IV, 256).

Um die Steigerung mehr hervortreten zu lassen dient merket mêre I, 134, wo gesagt wird, dass Gott nicht nur den Christen, Juden und Heiden gebe, sondern auch dem Ketzer; ähnlichen Zweck hat I, 125 nû wizzet daz; IV, 55 weist der Dichter auf das vierte Gebot: einvaltec mensche, hoere mir; den Menschen mahnt er an die Vergänglichkeit seines Lebens und an das Jenseits: Gedenke, mensche, waz dû bist IV, 181; zum Verläumder sagt er: Ich sage dir, ôren slüpfel IV, 389; häufig finden wir: sich I, 17; seht IV, 353; auf das Weltende weisend: ir leien seht iuch für IV, 457; seht, wie die pfaffen algemeine werbent umbe guot IV, 461, wo er mit dem Finger gleichsam auf sie zeigt. Die letzte Ermahnung begleiten die Worte: noch volge mir, geselle, triunt IV, 396; IV, 31 räth er Jungen und Alten sich an das Urtheil der „werden wîsen" zu halten, die Lehre scheint aber nicht befolgt worden zu sein, denn IV, 32 enthält eine Klage, dass man seinen Rath so gering anschlage: mîn rât si dunket gar ein wiht, sam er ze niht entüge.

Zur Bekräftigung der Aussage wird auch Gott zum Zeugen angerufen: an got sô ziuge ich daz I, 104, des sî got mîn urkünde I, 118, oder Berufung auf Andere findet statt: IV, 210 die Welt wird immer schlechter, hoer ich die wîsen liute sagen, IV, 350 sô hoere ich sagen die wîsen; die Milde hat in Gott ihren Ursprung, hoer ich an manegen buochen lesen IV, 230; in Sprüchen religiösen Inhalts: sô lêrt der künec Dâvît IV, 25, uns zeiget der geloube IV, 97; auch bei Erzählung historischer Begebenheiten: ich hôrte des bâbes brieve lesen IV, 277, alsô der Brûnecker uns jach IV, 305. Die Beziehung auf „wîse" Leute, auf Bücher ist geradezu charakteristisch, der Fahrende will sich als gelehrten, erfahrenen Mann repräsentieren und gelegentlich steht er auch nicht an dies offen zu bekennen; in diesem Sinne nennt er sich auch zuweilen Meister oder legt anderen Genossen diesen Titel bei (IV, 252). Dem ritterlichen Geiste entspricht es hingegen mehr sich auf die besten zu berufen und sich selbst als „tump" zu bekennen, ist ja das Ideal des Rittertums ein ganz anderes. Während der höfische Sänger den feinen Anstand wahren muss und seinem Groll oder Ingrimm nicht durch harten Fluch und heftige Schelte Luft machen darf, so nehmen sich die anderen kein Blatt vor den Mund und lassen sich in ihrer Rede ungezügelt gehen. Unser Dichter entschuldigt dies, dass er sich nicht höfisch benehme und nicht höfischen Sang singe, damit, dass er dafür nicht höfischen Habedank erhalte, und die jungen Herren mehr daran Gefallen finden die Frauen beim Weine zu schelten. Sie sangen eben um Gabe; wurde ihnen solche zu Theil, war auch ihr Gebahren entsprechend; ward aber ihre Hoffnung getäuscht, so kehrten sie die rauhe und grobe Seite hervor. Oft mochten sie bittere Erfahrungen gemacht haben und Gereiztheit, herbe Satyre konnte in Folge dessen selbst zur dauernden Eigenschaft werden.

Solche Enttäuschungen waren auch dem Sonnenburger nicht fremd, nicht immer hatte er sich gastlicher Aufnahme zu erfreuen und sein Sang fand zuweilen nicht die gewünschte Entlohnung, auch fehlte es nicht an Anfeindungen: all' das erbitterte ihn mehr und mehr, und der Unmuth darüber äussert sich oft genug in seinen Sprüchen.

In ziemlich ruhigem Tone noch widerlegt er in den Strophen I, 7—10 die Anschuldigungen gegen die „gernden", äusserst heftig ist aber II, 2, worin einem Lügner eine derbe Lection ertheilt wird; wir haben so zu sagen ein gereimtes Schimpfnamenregister vor uns, mit einer ganzen Fluth der ärgsten Ausdrücke wird derselbe überschüttet: lügevaz, hellestric, vellesal, schandenspiegel... Von solchen Leuten musste er oft zu leiden gehabt haben. IV, 385 frägt er: nû sag an ôren druosel, wanne fülstû dînen sac? und str. IV, 13 fordert er, dass die unverschämten Lügner ferne gehalten werden: waer ich ein fürste, der mich lopte, den wolde ich heizen wern. Der Vorwurf, dass die Kunst nicht geehrt werde, ist häufig: IV, 166 man gît unkünste baz wan kunst, daz muoz mir missehagen, IV, 157 waz sol mir rîchiu kunst, sint ich der saelde niht enhân. Das bewog den Dichter auch die hohe Würde der rechten Kunst darzulegen (str. IV, 15). Den Zagen, welche die Erde vor Sünde und Schande nicht tragen sollte, kann er in allen Landen gar nicht mehr ausweichen (str. II, 6). Sogar das Ja eines Königs hat ihn betrogen (str. IV, 23), und alle, die er mit reichen Sprüchen angelogen hatte, gaben ihm dafür doch Nichts; er klagt daher: IV, 449 guot, bî den biderben, milten armen dâ wiltû niht sîn. Und die Schlechtigkeit der Welt, die von Tag zu Tag immer grösser wird, lässt den Gedanken an den nahenden Sühnetag erwachen.

Wenn in diesen und ähnlichen Strophen eine erregte und scharfe Sprache bemerkbar ist, ist es begreiflich. Hie und da blickt auch Ironie durch, der Ohrenrauner wird mit „geselle, friunt" (IV, 396) angesprochen und spöttisch ist in str. IV, 21, wo über schlechte Bewirtung gescholten wird, die Bemerkung: dâ muoz ich adel spehen.

Ist der Dichter in heftiger Gemütsbewegung, so wendet er sich meist direct an seine Personen, auch sonst in belehrenden Sprüchen. Zuweilen ist ein Theil allgemein gehalten und erst im Verlaufe oder am Ende wird das Publikum oder bestimmte Leute angesprochen. Lebhaft und beweglich wird die Darstellung, indem er Andere redend einführt. So lässt er str. I, 11 den Prediger eine kurze Predigt halten, auf welche er denselben dann anfährt: dû lecker, loter, boesewiht, dû schalc, in sîner predege sprach nû unsers hêrren munt. Dadurch wird mehr erreicht, als wenn der Kontrast zwischen dem Gebahren des Geistlichen auf der Kanzel und seinem sonstigen Lebenswandel, der den dort gegebenen Lehren gerade nicht sehr entspricht, breit ausgemalt wäre. str. 10 entspinnt sich ein Dialog zwischen Sanct Peter und Christus, aus dem dann die Folgerung gezogen wird. IV, 24 theilt er den Brief des Papstes an Kaiser Rudolf in directer Rede mit (vgl. IV, 25), und IV, 11, worin er Maria als Fürsprecherin bei Gott anruft, sagt er derselben, wie sie bei ihrem Kinde für ihn bitten solle: vater, sun, heiliger geist dû bist, vergip dem sünder sünden leben, vil süezer Jêsu Krist. Manches Mal knüpft er an die Rede Anderer seine Belehrung an: str. IV, 4 Ich hoere dicke sprechen sô: „die habent sich abe getân der welte"; IV, 30 Si jehent, daz diu erge nie enwünne milten muot. IV, 26 Si frâgent, wie der künec von Rôme Ruodolf mir behage.

Dieselbe Anschaulichkeit wird auch durch Personifikation erreicht, so spricht der Dichter an: die frô welt (str. IV, 3, 4, 5, 18), frô zuht und frô mâze (str. IV, 29), endlich das guot (str. IV, 38), personifiziert erscheint auch erge und schame (str. IV, 30). Rhetorische Mittel sind ferner die Frage; Ausruf: das Lob des bairischen Hofes beginnt mit einem freudigen ahî! I, 81, entrüstet ruft er I, 117: wie sint si lügener sô blint! Frohlockend IV, 325 Sit frô unt fröut iuch algemeine dirre saelekeit! IV, 49 ô wol dir, welt, ô wol dir hiute und iemer mêre wol! und klagend IV, 445 ô wê dir, sündelichez guot. Auch rascher Einwurf belebt wie str. I, 8: Swer gibt, der guot dur êre neme, daz sich der sêre sünde, nein, und in derselben Strophe auch: ez entuot.

Aus dem Streben nach Klarheit und Affect entspringt die bildliche Ausdrucksweise. Originalität weist dieselbe nicht immer auf, besonders in den religiösen Sprüchen treffen wir althergebrachte Bilder, auf die daher hier nicht näher einzugehen ist. Am bilderreichsten ist die Sprache in den Lobgedichten, welche überhaupt den grössten Schwung haben. Herzog Otto wird des kristentuomes êrenkleit, der staete ein herter adamant, ein wuocherboum der saelekeit, balsemrebe, diu sich lât sô schöne bernde vinden, genannt (III, 1); Herzog Heinrich ist alsam ein liniere sleht, ein spiegel klâr der tugende und sein Lob erglänzt vor dem Lobe anderer Fürsten, alsam der morgensterne vor den kleinen sternen var, (IV, 12); Friedrich von Beichlingen, der êren sageraere, will der Dichter nicht ein spitzec lop, daz dünne ist, singen (II, 7), und den Reifenberger vergleicht er zeime ganzen êren boume, noch groezer wan ein cêderboum (IV, 37), den Lügner schilt er êrenschûr und schandenspiegel, dem Falschen droht er: dîn abent nahtet an dem lobe, dîn schelten wil sich morgen (II, 1) und an den edlen Mann, der gemächlich lebt, ist die Aufforderung gerichtet: klim an die hoebe, hôhin fruht (I, 4); Treue und Wahrheit sind ein vil rîche wât, sie sind besser als Silber oder Gold (IV, 19), Missgunst und Untreue blecket sam daz kupfer durch daz golt, (IV, 40); die, welche auf Rath nicht hören, vergleicht er der Schlange, die das eine Ohr auf einen Stein legt und das andere mit ihrem Schweife verdeckt, damit sie den Lockton nicht vernehme (IV, 32). Aehnlich wie bei Marner (I, 1) wird auch hier die Welt als gotes wundertal und zarter gotes garte, in dem got wunder wunders hât gewundert und erbûwen manec tiure wundersât, bezeichnet (IV, 2), der Verfall der Welt wird mit dem schmelzenden Schnee verglichen. (IV, 18).

Konnten wir den Sonnenburger nicht von Wortarmut freisprechen, so müssen wir ihm doch Darstellungs- und Kompositionsgabe zugestehen, freilich — und es ist natürlich — macht sich in den späteren Sprüchen, die durch ihren Inhalt auf vorgerücktes Alter deuten, nicht mehr jene lebendige Frische bemerkbar: der Ton ist meist ruhiger und auch auf Härten im Ausdruck stossen wir. Unbeholfen ist zum Beispiel der Schluss von str. III, 2, und str. IV, 10 hat der letzte beinahe losgelöste Vers das deutliche Gepräge eines Flickverses.

Zum Schlusse dieser Besprechung sei noch Einiges über den Strophenbau erwähnt. Wie Strauch für Marner ein architektonisches Prinzip in demselben nachgewiesen hat (p. 55 ff.), so können wir etwas Aehnliches auch beim Sonnenburger beobachten, und zwar zeigt sich dies Streben mehr in den früheren Tönen als im vierten. Schon äusserlich ist zu bemerken, dass selten ein Satz von einem Stollen auf den andern oder auf den Abgesang übergreift und so die drei Theile verbindet, meist erscheinen sie durch Abschluss desselben von einander getrennt; diese Gliederung erstreckt sich aber auch auf den Gedanken.

Ich werde mich nur auf einzelne Beispiele beschränken. Dreitheilung ist I, 9: 1. Gut geben ist nicht Sünde, da Gott gibt 2. er gibt allen Menschen 3. Aufzählung der Gaben, oder IV, 13: 1. Lüge erlaube ich drei Klassen von Leuten 2. diese sind der Arme, der Milde und die Liebenden 3. eine Gattung Volk weiss ich aber, das lüget ohne Scham; Fürst wehre dem. Ebenso zerfällt der Brief des Papstes in drei Theile (IV, 24): 1. Gruss 2. Grund, warum er früher Rudolf nicht König nannte 3. Einladung zur Weihe.

Zweitheilung finden wir I, 4: 1, 2. Gemach lähmt Thatkraft und bringt Unehre 3. daher sei männlich und kühn; I, 10: 1, 2. Christus hiess allen Bittenden geben 3. Folgerung: es ist nicht Sünde, wenn mir einer die erbetene Gabe mittheilt.

Mehr oder weniger tritt eine solche Gliederung des Gedankens in vielen Sprüchen hervor, nicht findet sie in jenen statt, wo das betonte Wort am Beginne der Verse wiederholt wird (IV, 16, 18, 19, 20, 34, 38, 40); gerne legt der Dichter aber dann die Pointe des Gedankens oder die an eine Lehre geknüpfte Mahnung in den letzten Vers — übrigens ist dies auch in den anderen Strophen häufig der Fall, — IV, 16 mahnt er den Menschen an seine Vergänglichkeit und an sein Seelenheil zu denken: diu stîge diu ist worden breit, diu zuo der helle gât; IV, 20 handelt über die Milde, den Schluss bildet die Aufforderung: durch got sît milte, sost iu dort sin himelrîch bereit, ebenso IV, 34: ir alten lâzet haz unt nît, sô habet ir rehtez leben, u. a.

IV.

Kunst.

a. Strophen und Versbau.

Die vier Töne, in welchen der Sonnenburger dichtete, können einfach genannt werden und haben selbst unter sich Aehnlichkeit; am auffallendsten ist dieselbe bei I und II, wo durchaus Verse von drei und vier Hebungen verwendet sind mit Ausnahme von den siebenmal gehobenen Schlusszeilen der Stollen (II) und des Abgesanges (I). Löst man diese bei II in Theile von drei und vier Hebungen auf, so wird der Unterschied noch geringer; im Abgesange ist bei beiden auch dieselbe Reimstellung. Mir scheint Ton I aus II hervorgegangen zu sein, da die Anlage in ersterem eine gleichmässigere ist gerade durch die erwähnte Auflösung; ein anderer Vorzug ist auch, dass die Langzeile den Schluss der Strophe bildet, an welcher Stelle bekanntlich der Hauptgedanke gerne ausgedrückt wird.

In Ton IV erscheint die Verbindung der kurzen Zeilen zum sieben- und achtmal gehobenen Vers grösstentheils durchgeführt, nur dem zweiten Theile der Stollen blieben drei und vier Hebungen. Meist treffen wir nach der vierten Hebung Caesur, ja auch Reim tritt im Einschnitte zuweilen auf (str. IV, 30, 33), und durchgängig IV, 35; dass wir es also mit einer Umbildung der Töne I und II zu thun haben, glaube ich auch da im Abgesange zu erkennen: dort zählt derselbe acht Kurzzeilen, hier vier lange und in Folge der Zusammensetzung gieng der gekreuzte Reim in den geparten über.

Ton III steht diesem Verhältnisse etwas ferner. Verse von

vier Hebungen wiegen vor, im Ganzen ist der Bau nicht so regelmässig wie in den anderen Tönen.

Die Jenaer Handschrift legt unserem Dichter noch eine fünfte Weise bei; von der hiezu gehörigen Strophe sind nur die Stollen und zwar von anderer Hand nachgetragen. Ob sie ihm wirklich angehöre oder nicht, darüber lässt sich schwer ein sicheres Urteil abgeben. Ich halte sie für unecht: der Stil scheint mir nicht der des Sonnenburgers zu sein, auch hat sie trochäischen Gang, während wir jambischen bei ihm gewöhnt sind.

Für die vier echten Töne ergeben sich folgende Schemata:

Ton I:	⏑4 a	Ton II:	⏑4 a	Ton III:	⏑4 a
	⏑3⏑b		⏑3⏑b		⏑4 a
	⏑4 c		⏑7⏑c		⏑4 b
	⏑3 d				⏑5⏑c
			⏑4 a		
	⏑4 c		⏑3⏑b		⏑4 d
	⏑3⏑b		⏑7⏑c		⏑4 d
	⏑4 a				⏑4 b
	⏑3 d		⏑4 d		⏑5⏑c
			⏑3⏑e		
	⏑4 e		⏑4 d		⏑4 e
	⏑3⏑f		⏑3⏑e		⏑5⏑f
	⏑4 e				⏑4 e
	⏑3⏑f		⏑4 f		⏑7⏑f
			⏑3⏑g		
	⏑4 g		⏑4 f		⏑3⏑g
	⏑3 h		⏑3⏑g		⏑4 h
	⏑4 g				⏑4 h
	⏑7 h				⏑7⏑g

Ton IV zerfällt durch Verschiedenheit der Reimstellung in zwei Gruppen, zur einen gehören str. 1—7, 9, 10, 11 und 35, zur andern alle übrigen; zu bemerken ist noch, dass str. 11 und 36 den Abgesang durchreimen.

1.	2.	1.	2.	1.	2.
⏑7 a	a	⏑7 d	c	⏑7 e	d
⏑8 a	a	⏑8 d	c	⏑7 e	d
⏑4 b	a	⏑4 b	c	⏑8 f	e
⏑3 c	b	⏑3 c	b	⏑7 f	e

b. Rhytmus.

Die Senkung fehlt: I, 109 lichámen, IV, 94 bármhérzekeít, IV, 383 muótwílle.

Auftakt steht in der Regel; fehlt derselbe, so ist dies meist begründet:

1. Wenn der Gedanke aus einem Verse in den andern übergeht: swer dir in mîme namen ◡ recke sine hende (I, 150). ein rîcher künec hiez Kosdras, der hâte ûz rôtem golde ◡ einen himel und einen trôn und eine burc gegozzen (II, 45). ein ôre leget si ûf einen stein, daz ander si verschupfet hât ◡ mit dem zagele an der stat (IV, 379).

2. Wenn das erste Wort des Verses stark betont ist, oder wenn der ganze Vers hervorgehoben werden soll: sît daz er nieman ûz beschiet ◡ kristen, juden, heiden (I, 154). ein spitzec lop, daz dünne ist, daz sol im sîn unmaere, ◡ werdez lop er verdienen kan mit wille gebenden henden; ◡ lastermâsen er nie gewan (II, 105, 107). gruntveste kristenlîcher ê, ◡ leitestap der êren von der schande, ◡ rehtes munt, gerihtes hant (III, 4). ◡ âne dich nie menschen kinde nie kein guot geschach, ◡ âne dich nie menschen ouge got noch nie kein liep gesach (IV, 53). jâ ist er gote und al der welte an tugenden gar gereht, ◡ âne valsch und âne wanc alsam ein liniere sleht (IV, 138). ◡ ich bin al der welte ein gast, alsô stêt nû mîn leben (IV, 253). nû fråget junge und alte, frâget, waz man von iu sage, ◡ frâget, waz den werden wîsen werdeclîchen an iu behage (IV, 362). ich sage dir ôren slüpfel, waz dir noch ze jungest geschiht: ◡ swan ein hêrre sprichet: stant hin dan, dû valscher boesewiht (IV, 390).

Ungenaue Betonung. Der Versaccent fällt auf eine tief betonte Silbe. Am wenigsten auffallend ist diese Betonung am Anfang des Verses:

driváltec I, 3, heilíger I, 14, dannóch I, 96, beidé II, 76, orthábe III, 1, gruntvéste III, 3, Antwérken III, 25, einváltec IV, 55, undér IV, 111, muotér IV, 119, Heinrîch IV, 136, triuwé IV, 217, künîc IV, 281, Diutíschen IV, 290, allén meistaéren IV, 294, êré IV, 368, rehté IV, 431, abgúnst IV, 469.

Doch kommt sie auch im innern Verse vor:

niemán I, 72 (153 regelmässig nieman), lebéndec 115 (dagegen 141 lébendec), richtúiom, wisheit 139, almúose 145, Dâvit 184; tûsént III, 21, wazzér 23, Bresbúrc 24; Jêsúm IV, 86, frouwé 93, gotheite 102, schallichen 143, künstó 175, kluokeít 198, meistér 203, junchêrre 245, Brûneckér 305, schelcliche 318, alléz 369, dêmúotec 405, Avê 417, ruochéstû 453.

Selten im Reime: Brâbánt I, 91, urkünde 118; Kosdrás II, 43; Dâvit IV, 25. Die Vorsilbe un ist in der Regel nur betont, wenn eine Silbe mit tonlosem e folgt. Ausnahmen sind: únzallichen IV, 77 (aber 119 unzállich), úndingé 443, úntriwe 469.

c. Einsilbigkeit von Hebung und Senkung.

Bei Elision habe ich tonloses e von der Senkung zur Hebung apokopiert.

Hiatus ist nicht selten: úmbe ál I, 35, sünde únde schande I, 124, schánde únd II, 76; sine án IV, 189; von góte êrst 230; sétze ín 242; diu krône únde álle 286, vérre únde wît 292, únde ím 298; hêrre íst 347; schône überzogen 431.

Apokope des e in der letzten Senkung vor konsonantisch anlautender Hebung: unt I, 137, IV, 224, bei folgendem d, t IV, 214 unt dar, 363, 444 unt tage; von IV, 36, 51; an IV, 260, 306; dem IV, 302, der IV, 379; mit vor dir IV, 417; häufig ir IV, 42, 329 u. a.; dar umb IV, 484; wisheit IV, 114; gotheit IV, 98 u. a. Im Innern des Verses ist sie weniger anstossend und oft zu finden, ich erspare mir daher die Aufführung von Beispielen.

Synkope des e in der letzten Senkung: wunders hât IV, 21, tiuvels list IV, 130, geschlepfde sîn IV, 4. Ferner tritt sie auf

1. in Verbalformen. Im Präsens: lêrt IV, 25, 57, spricht IV, 271, frâgt IV, 364, hoert IV, 369. In Präteritis mit langer Stammsilbe: volgte drâte I, 188.

2. In Nominibus: leckr IV, 245; unsers I, 172, gelogenz IV, 270, miltern IV, 142, lasters IV, 358, wurzeln IV, 442, anders IV, 455. — zweir IV, 346, zwîn IV, 442.

3. Mit Abfall eines Konsonanten: gekleit IV, 9, behuot IV, 495, beriht IV, 499, wint IV, 453; ein (= einen) IV, 218, 467.

4. In den Vorsilben ge, be, ver: III, 24 gewan, gebûre IV, 315, gewinnet IV, 322, gelouben IV, 405, gemeit IV, 429, behaget IV, 302, verlorn IV, 168; in der letzten Senkung: im geswórn IV, 320, júngest geschiht IV, 389.

Inklination.

a. Enklisis. Inkliniert erscheinen ez, en, dû: ichz I, 206, IV, 146; erz I, 159; inz IV, 27; don I, 151; sone II, 39; sin IV, 35, 387; in IV, 142; jone IV, 391; dun IV, 494; soltû I, 37; tuostû II, 13 und öfters.

Proklisis findet sich besonders bei der Präposition ze: zaller I, 107; zê IV, 203; zeime IV, 438; zunrehte IV, 462; zer IV, 239.

Synaloephe.

a. Das erste Wort schliesst mit Vokal oder Diphtong: si enpfâhent I, 109; si iemer IV, 47; die enphâ, du êrste 287, si ûf 387; swaz I, 55, sost I, 64, IV, 220; sor I, 80, siz IV, 380, dor IV, 303.

b. Das erste Wort schliesst konsonantisch: daz ist = dast I, 101, IV, 26; daz er = dêr IV, 419.

Silbenverschleifung.

a. Die beiden e gehören verschiedenen Wörtern an: alder ez I, 131, keiser, er II, 86, lastermâsen er II. 107, âne der III, 22, waere ze IV, 18, niemer enheine IV, 40, lopte den IV, 156, waene der IV, 149, beide ze IV, 283. Die Vorsilbe ver ist verschleift: wille verborgen II, 3, inne verborgen IV, 422; in der letzten Senkung: nihte vervât IV, 432. Die Vorsilbe ge ist verschleift: erde gemachet IV, 185.

b. Die beiden gehören demselben Worte an: Óvene II, 77.

d. Reim.

â: a hât: bat I, 24, wâr: gar I, 143, undertân: man: gan IV, 173, offenbâr: dar: vâr IV, 282, blat: hât: stat IV, 378.

i: î sich: dich: himelrîch IV, 87, süenerîn: sin IV, 356, edellîch: sich IV, 235.

uo: ô muost: trôst: gelôst IV, 181.

e: ë stete: gebëte: enhete IV, 294.

Noch erwähnt seien die Reime gemeit: steit IV, 319. Sonst gebraucht unser Dichter im Reime nur die Formen auf â, im Innern des Verses die mit ê. — wart: verkart IV, 415.

Die Adjective auf- lich, auch wenn sie unflectiert vorkommen, sind mit Ausnahme von IV, 235 lang: werdeclich: rich I, 83, lobeliche: riche I, 90, lobelichen: richen II, 58 u. a.

Apokope des h: wê: geschê IV, 264.

Die Wörter auf aere sind im Reime unverkürzt: lügenaere: unmaere II, 17, maere: wunderaere II, 54, sageraere: unmaere II, 101, — maere: offenbaere I, 102 (doch IV, 281 offenbâr: dar) u. a. Kürzung findet sich aber im innern Verse (II, 69), auch in der letzten Senkung: meister tobe II, 60, meister niht IV, 252.

Neben wâr gebraucht der Sonnenburger auch die Form waere: waeren: unmaeren I, 74. Nach IV, 13 welt: gelt habe ich die Form welt überall durchgeführt, worin ich vielleicht zu weit gegangen bin.

Was den klingenden Reim anbelangt, so ist das Gesetz durchgehend gewahrt, es sind nicht Wörter mit kurzer Stammsilbe und folgendem e dazu verwendet. Wie weit der Umlaut geht, lässt sich wegen Mangels an beweisenden Reimen nicht sicher angeben, ein Beispiel ist schülte: gülte I, 66.

Reimkünste: Erlaubter rührender Reim findet sich: wert (Adj.): gewert (Part.) str. IV, 41. Ueber Cäsurreime wurde schon früher gesprochen.

Zufälliger Reim ist: vâr: wâr IV, 283, 284; sol: wol IV, 259, 260, scheiden: leiden IV, 213, 214; jüdescheit: gemeit IV, 428, 429 kann auch hieher gezählt werden.

V.
Handschriftliche Ueberlieferung.

Die Mehrzahl der Gedichte Friedrichs von Sonnenburg ist in der Jenaischen Liedersammlung J erhalten, ihr fehlen nur Ton III; I, 1, 2, 4, 6, 13 und IV, 2. In Ton IV sind ihm aber einige Strophen zugetheilt, die nach meiner Ansicht unecht sind.

C, die Pariser Handschrift bietet obige Ergänzungen und hat mit J gemeinsam I, 3, 5, 7, 8, 9; II, 1, 2, 4, 5; IV, 1—7, 9, 10, 13; IV, 7 ist jedoch unter die Gedichte Konrad's von Würzburg gestellt (str. 91). In der Anordnung des Textes bin ich nach dieser Handschrift vorgegangen; hinzukommende Strophen schloss ich nach von der Hagen den betreffenden Tönen an, einzelne sind auch eingefügt.

Zerstreut finden sich ferner Gedichte: in D, der Heidelberger Handschrift, und zwar im Anhange, von einer dritten Hand geschrieben, IV, 1—5 und in der angebundenen Sammlung geistlicher Lieder IV, 6, 7, 9, 10, 35, 36. (s. Lachmann in Zs. III, 332 und 340).

B, die St. Galler Nibelungen Handschrift enthält von etwas späterer Hand hinter Wolfram's Wilhelm von Oranse bl. 66^b = IV, 1—5.

E, die Würzburger Handschrift unter Strophen Marners bl 225 = IV, 9 mit der Ueberschrift Sŭnburg.

Unechte Strophen.

Im Anhang der Heidelberger Handschrift folgen den ersten fünf Strophen von Ton IV meines Textes — doch durch einen Zwischenraum von diesen getrennt — noch fünf weitere, deren Inhalt auf einen anderen Verfasser weist. Der Anonymus tritt in denselben den dort niedergelegten Anschauungen des Sonnenburgers entgegen und sucht darzuthun, dass der Welt doch einiger Tadel mit Recht zukomme. Ich bringe diese Strophen in einem Anhange als IV, 5 a, b, c, d, e.

Auch in J findet sich davon a, b, c, e. Ausgeschieden habe ich noch folgende Strophen der Jenaer Handschrift:

16 (IV, 11[a]). Die apokopierten Infinitive zie, flie sind unserem Dichter fremd. Von der Hagen schreibt zwar das Fehlen des n d. h. der entsprechenden Abbreviation der Nachlässigkeit des Schreibers zu und will zien, flien hergestellt wissen; ein ähnlicher Reim wie die: zien: flien kommt aber in allen Strophen nicht vor. Uebrigens ist auch der unbetonte Artikel durchgehend im Reime gemieden.

38 (IV, 34[a]) ist am Rande geschrieben und apokopiert waer: maer, was sonst nicht nachweisbar ist.

Dem Inhalte nach widerspricht unserem Dichter str. 48 (IV, 42[a]); zudem erscheint die Infinitivform stên (:jên) im Reime, während in echten Strophen nur Formen auf â in demselben gebraucht sind.

Ueber str. 64 habe ich früher bereits gesprochen; sie ist von einem späteren Schreiber mit den Gedichten Wizlavs nachgetragen. Da das folgende Blatt in der Handschrift ausgeschnitten ist, fehlt der Schluss.